KB232533

時空天魔

시공천마

자청 퓨전 무협 소설
FUSION FANTASTIC STORY

시공천마 5
자청 퓨전 무협 소설

초판 1쇄 찍은 날 § 2009년 2월 2일
초판 1쇄 펴낸 날 § 2009년 2월 7일

지은이 § 자청
펴낸이 § 서경석

편집장 § 문혜영
편집책임 § 정서진
편집 § 이재권

펴낸곳 § 도서출판 청어람
등록번호 § 제1081-1-89호
등록일자 § 1999. 5. 31
어람번호 § 제2-1671호

주소 § 경기도 부천시 원미구 심곡2동 163-2 서경B/D 3F (우) 420-010
전화 § 032-656-4452 팩스 § 032-656-4453
http://www.chungeoram.com
E-mail § eoram99@chollian.net

ⓒ 자청, 2008

ISBN 978-89-251-1670-9 04810
ISBN 978-89-251-1261-9 (세트)

時空天魔

시공천마

자청 퓨전 무협 소설

FUSION FANTASTIC STORY

5 재견(再見) [완결]

도서출판 청어람

目次

1장 무위(無爲)   7

2장 불마(不魔)   34

3장 천하이목(天下耳目)   80

4장 모용비보(慕容秘寶)   108

5장 환상   136

6장 천존(天尊)   154

7장 단정기정(斷情欺情)　　　185

8장 개방(丐幇)　　　215

9장 소림(少林)　　　232

10장 대적(對敵)　　　255

11장 천마(天魔)　　　273

12장 미완(未完)　　　297

작가후기　　　310

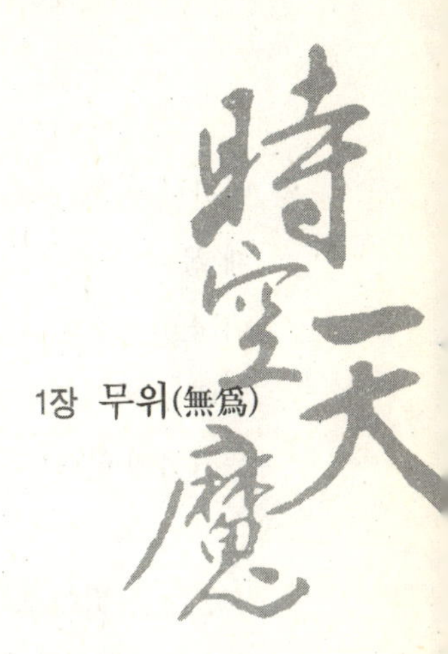

1장 무위(無爲)

　천색(天色)이 탁하니 길함은 없고 흉함이 크게 성할 징조
다.

　밤사이 괘(卦)를 살피니 그러했다. 일천한 천문이지만 읽기
에는 그러했다.

　하지만 혼탁하다 하던 하늘은 밝아오는 동녘에 붉고 푸르
다. 새벽의 어둠은 쫓기듯 급하게 밀려났다. 그 아래에 구중
궁궐과 다르지 않은 거대한 당가의 처마가 빛에 반짝였다.

　무가(武家)의 동틀녘으로써는 이르다 할 시간은 아니었다.

밤잠에서 깬 당가는 소란스러웠다. 하루를 준비하는 자들은 제 몫의 일을 하느라 바빴다. 하지만 그것은 당가 외전(外殿)의 소란함이었다. 내전(內殿)은 숨죽인 듯 고요했다.

내전의 사람들은 모두 외전으로 나가 있거나 제 처소에서 움직이지 않았다. 가주 암왕의 명에 의해서였다.

암왕은 밝아오는 하늘을 말없이 바라보고 있었다. 그는 뒷짐을 진 채 우두커니 서 있었다. 조금도 미동치 않았다.

불어드는 새벽바람에 걸치고 있는 녹금(綠金)의 장포 자락이 크게 펄럭였다.

그의 머리 위로 편액이 크게 걸려 있었다. 그가 자리한 이곳은 당가의 심처(深處) 영령전(英靈殿)의 넓은 전정(前庭)이었다.

그는 뜬눈으로 밤을 지새웠다. 그것은 실로 오랜 기다림이었다.

암왕이라 이름을 세상에 떨친 이후로 그는 누군가를 기다려 본 적이 없었다. 한데 이런 초조함이라니…….

"응?"

그는 문득 뒷짐을 지고 있던 손을 바라보았다. 두 손에는 힘이 잔뜩 들어가 있었다. 뼈가 욱신거렸다.

손아귀에는 땀이 흥건했다.

언제부터…….

이 암왕이 긴장하고 있었나.

그는 가라앉은 눈으로 젖은 손바닥을 내려다보았다.

'무리도 아니지.'

암왕은 눈을 돌렸다. 아직 그는 오지 않고 있었다.

이른 햇살에도 그림자는 짙었다. 암왕은 고개를 돌려 드리워진 그림자를 보았다. 그림자를 따라 눈을 드니 보이는 것은 영령전의 모습이었다.

영령의 편액 아래로 어둑한 전각의 모습이 눈에 들어왔다. 그곳에 가득한 것은 뭇 조사들의 흔적이었다.

조사들이 뒤에서 그를 보고 있었다.

내 고집으로 기어코 이루어진 일. 정작 마주하려 하니 두려운 것이냐? 얼굴 없는 조사들의 위패가 입 없이 그리 묻는 듯했다.

"후우……."

내 못난 모습을 보였구나. 암왕은 고개를 흔들며 짧은 한숨을 흘렸다. 밤새 무슨 생각과 각오를 했더냐.

정작 날이 밝아오고 그때가 가까워 오니 이리 약한 모습을 보이다니. 자신답지 않은 일이었다. 암왕이란 이름이 부끄러울 지경이다.

암왕은 잠시 눈을 감았다. 스치는 수많은 상념, 다 부질없다. 그는 한숨 한 번으로 복잡한 속내를 훑어내고 고개 들어 눈을 떴다.

영령전의 편액에 햇살이 반사되어 눈이 부셨다. 눈부심을 마주하며 암왕은 스스로에게 물었다.

어찌해 이곳 영령전에서 그를 기다리고 있는가? 무슨 생각에서였던가? 생각은 길지 않았다.

암왕은 낮게 웃었다.

"큭큭큭."

치기 어린 자존심과 다르지 않았다. 조사 위패 앞에서 암제라는 자를 무릎 꿇리고 제 잘난 모습을 드러내고 싶었을 뿐이다. 그래, 그뿐이다.

한심한지고.

암왕은 하룻밤을 혼란함에 뒤척였다. 겉모습은 잔잔하다 하여도 그의 속내는 격랑에 휩쓸린 일엽편주의 처지와 다르지 않았다. 그 격랑이 가라앉기도 전에 날은 밝았다.

암왕은 스스로를 잘 알고 있다 생각했건만 결국에는 과신이요, 자만이었다.

이제야 알았다. 그러나 이미 해는 떴다. 그리고 무엇보다 물러설 생각은 처음부터 없었다. 영령전을, 조사지위를 바라보던 암왕은 천천히 몸을 돌렸다.

그는 흘깃 미소를 띤 채 입을 열었다.

"오셨소이까."

영령전으로 통하는 문은 닫혀 있었다. 문의 그림자에 검은 사내가 우두커니 서 있었다. 그림자 속에 선 그의 모습은 마치 햇살의 밝음이 그를 피하는 듯했다.

그가 암제였다.

"……"

과연 암왕이란 이름은 달라도 다른 것인가. 이환은 자신의 기척에 돌아서는 암왕을 고요한 눈으로 바라보았다.

"나를 만나고자 했다지?"

"그렇소."

이환의 하대에도 암왕은 전혀 흔들리지 않았다. 그는 두 손을 축 늘어뜨렸다. 치렁한 소매가 그의 손을 덮었다.

냉철하고 냉막한 시선이 허공에서 부딪쳤다. 이환은 비릿한 미소를 머금으며 천천히 걸음을 옮겼다. 일부러 울리는 발자국 소리가 텅 빈 새벽의 영령전에 크게 울려 퍼졌다.

저벅!

한 발자국에 암왕은 반응했다.

저벅!

다시 한 발자국에 암왕은 눈을 치떴다.

저벅!

다른 한 발자국에 암왕은 깨달았다.

'틀렸다.'

그러나 포기할 수는 없었다. 암왕은 영령전 편액 아래에서 다가오는 이환을 뚫어져라 바라보았다. 허를, 실을 찾는 눈은 바빴다. 그러나 그에게 허락된 시간은 이환의 걸음.

고작 십몇 보에 지나지 않은 거리였다. 암왕의 안색은 그 보보마다 달리했다.

그는 결국 눈을 질끈 감아버렸다. 매달린다 하여 어찌할 수 있는 것이 아니었다. 물러선다 하여 달라질 것은 없었다.

눈 감은 그의 귓가로 낮은 목소리가 들려왔다.

"체크 메이트."

알 수 없는 말이었다. 그러나 결과만큼은 분명히 알 수 있었다. 뼈아플 정도로.

이환은 암왕 바로 앞에 섰다. 그들 사이의 거리는 이제 겨우 한 걸음.

그는 큰 키로 암왕을 말없이 내려다보았다.

암왕은 감은 눈을 떴다. 이제 그는 당거정의 심정을 이해할 수 있었다. 무엇 때문에 그렇게까지 난리를 쳤던가.

당가의 앞날을 운운하며 극구 만류한 것이 그저 저를 못 미더워서라고 생각했다. 하지만 아니었다.

"크큭."

암왕은 짧은 웃음을 흘렸다. 그것은 스스로에 대한 조소였다. 당거정은 자신을 너무 과대평가한 것이다. 그로서는 암제를 향해 단 일 초도 떨칠 수 없었다.

그의 치렁한 소매에는 만천의 모든 비기가 숨어 있건만, 손가락 하나 움직일 수 없다.

암왕은 절래 고개를 가로저었다.

"졌소."

"이길 수 있으리라 생각했나?"

"처음에는."

싸늘하게 묻는 이환에게 암왕은 고개를 끄덕이며 대꾸했다. 짧은 한숨을 집어삼킨 그는 천천히 눈을 떴다.

바로 앞에 선 이환의 눈빛에 눈이 시렸다.

비인(非人)의 눈은 이러한가.

암왕은 고개를 흔들었다. 부족함은 알았다. 그렇지만 아무래도 한 가닥 아쉬움은 어쩔 수 없었다.

손도 쓰지 못한 패배였기에 이 아쉬움은 쉬이 가시지 않을 듯했다. 그는 미련을 드러내며 말했다.

"내게 일 초의 기회를 주지 않겠소?"

"거절한다."

“어째서…….”

미련을 단박에 잘라내는 이환이었다. 그의 싸늘한 말투에 승자의 아량은 조금도 없었다.

이환은 달리 대꾸하지 않았다. 그는 오히려 암왕에게 답을 요구했다.

“이제 어찌할 텐가?”

암왕은 억지로 고개를 치켜들었다. 비록 손가락 하나 움직이지 못하고 패했으나, 패자의 당당함마저 잃고 싶지는 않았다. 무리한 행동이었지만 저버릴 수 없었다.

그는 암왕이며 당가의 가주이니까.

“삼 년… 삼 년간 봉문하겠소.”

“삼 년… 짧지 않군.”

비틀어 올린 차가운 미소로 이환은 긍정했다. 그는 미련없이 신형을 돌렸다. 검은 용문 장포가 암왕의 눈앞에서 크게 펄럭였다.

“삼 년간 어떠한 형태로든 강호에서의 활동을 용납하지 않겠다.”

“……”

이환은 차가운 한마디를 남기고 성큼 몸을 돌렸다. 순간, 암왕의 눈이 크게 벌어졌다.

검은 바탕에 수놓인 용문이 크게 눈에 들어왔다. 완전한 무

방비였다. 어떤 기세도 와 닿지 않았다. 하고자 하면 못할 것
도 없으리라.

소맷자락 아래에서 두 손이 움찔거렸다. 그러나 보는 암왕
의 눈은 복잡하기 그지없었다. 이성은 지금이 기회라 말하고
있었다. 지금이라면 할 수 있는 한 최대한 만천을 펼쳐 보일
수 있었다.

그러나 본능이 그를 막고 있었다. 두려움일 수도, 나약함일
수도 있었다.

암왕은 이를 악물었다. 어찌할까. 아직 만천은 펼쳐 보지
도 못했다. 지금 만천을 떨쳐 낸다면…… . 분명 거리는 충분
했다.

등 돌린 암제의 모습은 무방비 그대로였다. 승자의 오만함
일 것이다.

암왕은 암제를 향해 만천을 펼쳐 본다. 하늘을 가득 메운
무수한 살기가 찬란했다. 그 찬란함은 암제의 검은 모습을 집
어삼켰다.

지금이라면… 암왕은 핏발 선 눈으로 검은 용문의 뒷모습
을 노려보았다.

내리쬐는 햇살에 용문 자락의 음영이 흔들렸다.

암왕은 움찔 뒤로 물러섰다. 이것은 미혹(迷惑)이다.

"하……!"

암왕은 한숨을 흘리며 고개를 들었다. 하늘이 푸르렀다. 하얀 구름이 고요히 흐르고 있었다.

저 하늘을 가득 메우지 않고서는…….

암왕은 오래지 않아 시선을 돌렸다. 다시 드러난 그의 얼굴에는 허망한 듯, 털어낸 듯 미묘한 미소가 한 조각 맺혀 있었다.

암제는 이제 영령전을 벗어나고 있었다. 몇 발자국이 그리 길었을까. 암왕은 이환을 향해 두 손 모아 공손히 허리를 굽혔다.

"감사하오."

암왕은 한 수의 미혹을 겨우 떨쳐 낼 수 있었다. 비록 지금은 손가락 하나 움직일 수 없었지만 머지않은 날 그에게 한 수를 떨칠 수 있을 것이다.

암왕은 빛나는 눈으로 이환이 사라져 간 방향을 뚫어져라 바라보았다. 그래, 머지않은 날……. 삼 년이면 충분한 시일일 것이다.

그날, 만천(滿天)은 진천(眞天)이 되리라.

이환은 영령전을 나서며 중얼거렸다.

"큭, 운이 좋군."

싸늘한 한마디는 다행히 암왕에게 닿지 않았다.

암왕이 손가락 하나라도 까딱하는 순간, 아니, 한 조각 적의를 품는 순간 그 거리가 백 보가 되었든 백 장이 되었든 이환의 신형은 그대로 천마섬환이 되어 암왕을 꿰뚫었을 것이다.

암왕은 스스로를 구했고, 당가를 구했다.

다른 무언가를 얻은 듯했지만 이환은 개의치 않았다.

그는 이른 아침의 당가를 태연히 걸었다. 심처에서 나서는 낯선 그의 모습에 당가의 사람들은 하나같이 당황한 기색이었다.

누구냐, 저자는?

하지만 범접 못할 여유에 누구도 그의 앞을 막아서지 못했다. 이환은 문득 걸음을 멈췄다.

당가의 안과 밖을 가르는 커다란 문 앞에 당거정이 있었다. 창백하게 질린 낯의 그는 오랜 시간 그러고 있었던 듯 무릎 꿇은 채 이환을 바라보았다.

"어, 어찌……."

"당가는 운이 좋아."

"아… 아아……."

겨우 묻는 그에게 이환은 차가운 친절을 베풀었다. 그 한마디면 족했다. 당거정은 눈물을 쏟으며 그대로 이환 앞에 쓰러지듯 엎어졌다.

　나름 감사의 예라고 하지만, 이환은 그저 무시하고 지나쳤
다.

　어허허헝!

　안도인지 서러움인지 모를 울음소리가 뒤에서 울렸다. 당
가의 사람들은 더욱 알 수 없었다. 무어가 어찌 된 것인지, 검
은 옷의 사내가 누구인지, 또 당거정이 어찌 통곡을 터뜨리는
것인지.

　모든 것이 알 수 없었다.

　그사이 이환의 걸음은 이미 넓은 당가의 장원을 벗어났다.
사람들의 웅성거림은 시끄러웠다.

　그리고 그날 당가는 봉문했다.

　당가의 봉문은 삽시간에 전 중원을 휩쓸었다. 무림에 몸담
은 자, 칼 밥 먹는 자치고 그 소문에 귀 기울이지 않는 자가 없
었다. 정사를 가리지 않았다. 우선은 납득할 수 없는 일이었다.

　당가가 무엇 때문에……

　지금 변화는 있지만 천하의 일인이 당가주로서 자리를 지
키고 있었다. 그 밑으로 당가의 무력은 가히 천하를 논할 정
도였다. 그런 당가가 갑작스레 봉문이라니……

　사천 사람들에게는 머리 위 하늘이 갑작스레 닫힌 것과 다

르지 않았다. 사람들은 입이 있었다. 그들은 여기저기서 크게 떠들었다.

"당가가 정말 봉문했단 말인가?"

"아무렴!"

"아니, 어쩌다가?"

당연한 물음이었다. 하지만 문제는 그 물음에 답할 자가 아무도 없다는 것이었다. 그러하니 이런저런 억측이 난무했다. 당가 내부에서 분란이 일어났다.

당가를 나누는 암장(暗匠)과 독장(毒匠)의 분열이라는 제법 그럴듯한 소문부터, 암왕이 입마에 빠져 제 친족들을 죄다 쳐죽였다는 허무맹랑한 소문까지.

경박한 자들의 입소문은 멀리 퍼졌다. 어느 순간 다른 소문이 퍼지기 시작했다.

그 소문에는 다른 누구도 아닌 암제, 암제의 이름이 있었다.

암왕은 암제에게 패하고 스스로 암왕의 이름을 내어놓았다고 했다. 가장 그럴듯한 말이긴 했으나 쉽게 믿을 수 있는 일은 아니었다.

무엇보다 암제란 이름은 있으되 실체는 없는 존재였으니.

이환은 코앞에 자리한 술잔을 말없이 내려다보았다. 귓가로는 많은 입이 떠들고 있었다.

재미없는 일이다.

이환은 무감정한 눈을 돌리며 술잔을 들이켰다. 화주의 독한 주향은 혀끝에서 머물다 사라졌다.

이환은 무채색 눈동자로 주변을 바라보았다.

사천의 경계, 제법 규모 있는 객잔이었다. 무어라 하는 이름이 있었지만 이환은 신경 쓰지 않았다.

그는 가득 찬 사람들을 보고 자리를 잡았다. 귓가에 들려오는 것이 전부 당가, 그리고 암제의 이야기였다.

입방정을 떠는 그들 모두가 칼 찬 무림인들이었다.

이환은 의자를 뒤로 기울이며 탁자 위에 발을 올렸다. 번잡속에서 그가 자리한 곳만은 별개의 공간 같았다. 눈을 감고의자를 앞뒤로 흔들었다.

끼익, 끼익.

의자 소리만 귓가에 울릴 뿐이었다.

고작해야 며칠의 시간이 흘렀을 뿐이다. 이환은 일부러 발길을 서둘지 않았다.

한데, 그 사이 천하가 모두 당가의 봉문을 알았다. 소문은 어디까지 퍼져 나간 것인가. 발 없는 말이 천 리를 간다지만.

당가 봉문만을 떠든다면 이환은 개의치 않았다. 그러나 자신의 또 다른 이름인 암제가 오르내린다는 것이 마뜩치 않았다.

"용문이 멋들어진 검은 피풍의를 걸쳤다고 하더군."

"에이, 아니야. 우리네 복식이 아니라던데……."

"그래, 괴이쩍은 검은 옷을 걸쳤다고."

"눈매가……."

여기저기서 당가와 함께 암제의 이야기로 입방정을 떨었다. 여러 가지 설에 앞서서 암제의 이름이 급하게 퍼져 가는 것은 어떤 연유에선가.

누군가의 개입.

만약 당가를 지켜보는 눈이 있다면…….

이환은 생각했다. 그렇다면 살펴보면 그뿐이다.

'무궁화, 당가의 기록 영상.'

─사천 파일, #117 당가 재생합니다.

감은 눈앞으로 영상들이 흘러들었다. 시신경을 통해 직접 전달되는 단말기였다. 감은 눈이었지만 이환은 어떤 어려움도 없이 무궁화의 기록 영상들을 빠르게 살펴갔다.

지난 수개월의 당가의 정경이 지나가기 시작했다. 속도는 100배속. 빠르게 밝아지고 어두워지기를 반복했다.

영상을 살피는 이환에게는 어떤 어려움도 없었다.

하지만…….

'없다.'

무궁화의 기록 영상에 착오가 있는 것은 아닐 것이다. 상공에서 찍는 스파이 위성이었다. 이 시대의 누가 그 위성을 알아볼 수 있을까. 그렇다면…….

지나친 생각이었는가.

이환은 스스로에게 되물었다. 과연 과민한 반응이었는가. 소문이란 것을 어떻게 측정할 수 있겠는가. 하지만 이환은 한 가닥 껄끄러움을 떨쳐 낼 수가 없었다. 그는 장난처럼 한 조각의 은편을 손가락 사이에서 빙글거리며 돌렸다.

분명 무언가 있는 듯한데.

"…봐요……."

이환은 당가 봉문의 소문이 퍼져 나가며 구체적으로 제 이름이 거론되는 것에 주목했다. 그렇다면 내부 인물의 소행일 수도 있지 않겠는가.

"이봐요……."

그저 호사가의 떠드는 말 중 하나일 수도 있다. 그러나 이환은 모든 가능성을 다 열었다. 집착이라고 할 수도 있다. 그러나 분명히 이환은 뭔가를 느끼고 있었다.

"아니, 이봐요!"

쾅!

짜증스런 외침이 크게 울렸다. 큰 소리와 함께 이환의 탁자가 부서질 듯 크게 흔들렸다.

"지금 무시하는 거야, 뭐야!"

성난 외침은 높았다. 여인의 것이었다. 그러나 이환은 눈을 뜨지 않았다. 탁자 위에 다리를 올린 채 그는 의자를 기울인 모습 그대로였다.

여인의 고운 얼굴이 당장에 붉게 달아올랐다. 그녀의 눈에 검은 사내의 모습은 실로 오만방자했다.

그는 이 객잔에서 제일 널찍한 자리를 혼자 차지하고 앉아 있었다. 그렇기에 일행이 있는 그녀로서는 그저 자리를 빌리고자 하였을 뿐이다.

하지만 몇 번이고 부르는 말을 무시하지 않은가. 그녀는 이를 악물었다. 더는 참을 수 없었다. 그녀는 대뜸 손을 치켜들었다.

"지금 무시하는 거야, 뭐야!"

쾅!

커다란 탁자는 규모만큼이나 단단한 목재였다. 그 탁자가 작은 손짓 한 번에 부서질 듯 크게 출렁거렸다.

"사, 사저(師姐)!"

그녀의 일행인 세 여인이 조심히 그녀를 불러보지만 성난 그녀는 돌아보지 않았다.

그녀는 어떠냐고 묻는 눈으로 다시 검은 사내 이환을 노려보았다. 하지만 그는 여전했다.

여인은 눈을 치떴다.

"이, 이 자식이!"

어디를 어떻게 보아도 이건 무시하는 것이 분명했다. 더 생각할 것도 없었다. 여인은 더 참지 못했다. 살기가 거세게 일었다.

당장에라도 손을 뻗어 검 자루를 쥘 듯했다. 심상치 않은 그녀 모습에 객잔의 사람들은 왁자하게 떠들던 입을 멈추고 빤히 그들의 모습을 바라보았다.

"허어, 사천의 여걸이라는 호안선자(虎眼仙子)가 아니신가."

"에, 호안선자? 그 아미의 속가라는?"

"아이고, 그러고 보니 저 뒤의 세 미녀 분들은 아미의 난화 삼검이 아니신가."

그녀들을 알아본 객잔의 무림인들은 이제 짙은 호기심으로 눈을 반짝였다.

이러쿵저러쿵 떠들어도 당가의 일은 먼 곳이었고, 암제의 이름은 저 높은 하늘 밖 사람이니 당장 눈앞에 일어나는 소란에 눈이 가는 것은 당연한 일이었다.

이환은 생각했다. 그렇다면 이제 남은 것은 모용가인가.

장가촌을 불가침의 영역으로 만들기 위해서 모용가라는 곳의 위치는 중요했다.

모용반호, 치천세, 그리고 무엇보다 풍적소 이들 셋은 실로 대단한 사람들이었다. 무림강호, 도산검림(刀山劍林)이라 하는 이 세계를 알수록 이환은 그들의 존재가 얼마나 비현실적인 이상인지 알 수 있었다.

소설에서나 떠들어대던 협사의 전형을 보이는 자들이다. 또한 그만큼의 능력을 지닌 이들이다.

전해 내려오는 네 가지 공부라면 분명 일가를 이루어 반석에 모용의 이름을 올릴 것이다.

이환은 문득 짧은 웃음을 흘렸다.

"큭."

이환은 안온함에 젖은 스스로의 모습을 떠올렸다. 아무런 할 일도 없이 산속에 숨은 무궁화 속에서 유유자적하는 저의 모습이었다.

그러나,

떠오르지 않았다. 이환은 알았다. 그는 안온한 자가 아니었다. 그 자신은 싸우는 자였다.

한 조각 웃음은 짙은 모멸의 조소였다.

그때였다.

─이환님.

귓속 리시버를 통해 무궁화의 음성이 들려왔다.

─위험 변수가 발생했습니다.

"……"

이환은 감고 있던 눈을 천천히 떴다. 동공 깊은 곳에서 스산한 빛이 번뜩였다. 그는 물었다.

"위치는?"

─위험 요인 #001 위치, 소림입니다.

손가락 사이에서 빙글 돌던 은편이 뚝 멈췄다. 이환은 지그시 은편을 그러쥐었다.

실타래마냥 복잡하게 얽히던 상념이 한순간에 가라앉았다.

이환은 천천히 자리에서 몸을 일으켰다. 그 짧은 동작에 넓은 객잔이 얼어붙었다. 그를 둘러싼 살기와 소란함은 그가 눈을 뜬 순간 모두 헛되이 사그라지고 말았다.

이환이 몸을 일으키는 모습에 그들의 심장은 철렁 내려앉았다. 걸친 용문의 피풍의가 크게 펄럭였다.

이환의 앞에서 성질을 부리던 호안선자의 놀람은 더했다. 그저 세상 물정 모르는 건방진 풋내기라 여겼건만.

'마, 말도 안 돼.'

감당할 수 없었다. 눈을 뜨는 순간 오싹함이 밀려들었다. 그것이 공포라는 것을 깨닫는 데에 그리 오랜 시간이 필요하지 않았다.

그녀는 당장에라도 주저앉을 것 같았다. 뒤에 선 사매들, 난화삼검의 사정도 다르지 않았다. 그녀들은 이미 주저앉은 채 저희들끼리 부여잡고 있었다.

몸은 솔직했다.

호안선자는 이를 악물고 휘청거리는 몸을 겨우 가누었다. 그녀 역시 사천 일대에서 고수라 인정받는 몸이었다. 볼썽사납게 주저앉을 수는 없었다.

그녀는 억지로 몰아치는 두려움에 항거했다. 하지만 이는 떨림까지 어찌할 수는 없었다.

이환은 그녀에게 아무런 눈짓도 하지 않았다. 그는 걸음을 옮겼다.

낡은 바닥에 구둣발 소리가 뚜벅이며 크게 울렸다. 얼어붙은 객잔에서 모든 이의 눈길만이 그 발치를 쫓았다.

이환은 빠르지도 느리지도 않은 걸음으로 바깥을 향했다. 모든 이가 그의 걸음을 바라보았다. 차마 고개 들어 마주할 깜냥은 없기에 걷는 걸음만 살필 뿐이었다.

문득 그의 걸음이 멈춰 섰다. 동시에 사람들의 어깨가 크게 들썩였다.

‘끄읍!’

‘헙!’

누군가 그들의 멱통을 단박에 그러쥔 듯 얼굴들이 발갛게 달아올랐다.

이환은 고개를 돌렸다. 모든 이들이 주저앉거나 엎어진 채 고개를 푹 숙이고 있었다. 부들부들 떠는 모습들이 솔직했다. 그들 중 오직 한 아이만이 멍하니 자리를 지키고 서 있었다. 허름한 복장의 이 아이는 객잔의 점소이였다.

그 아이는 아주 굳어버려 고개 숙이거나 눈을 돌릴 생각조차 하지 못했다.

이환은 한 조각 은편을 꺼내 아이에게 툭 던졌다. 아이는 부지불식간에 두 손으로 급히 은편을 받아 들었다. 그사이 이환의 모습은 어디에도 없었다. 사람들은 놀란 눈으로 급히 주변을 살폈다. 그들 중 누구도 안도하지 못했다.

한참이 지나고서야 누군가의 입에서 눌러두었던 숨을 토해냈다.

“허억!”

“흐에엑!”

그러자 객잔의 곳곳에서 눌러 참았던 숨이 연이어 터져 나왔다. 가쁜 숨소리는 곧 살았다는 뜻과 다르지 않았다.

호안선자는 거친 숨을 몰아쉬며 이제는 그의 모습이 사라진 문간을 뚫어져라 바라보았다. 부여잡은 탁자에 손자국이 뚜렷했다.

그녀는 문득 점소이가 들고 있는 은편을 보았다. 그녀는 조심스럽게 점소이에게 다가갔다.

"자, 잠깐 보자꾸나."

"에? 예, 아가씨."

호안선자의 떨리는 목소리에 멍하니 정신을 완전히 놓고 있던 아이는 그제야 퍼뜩 정신을 차렸다. 호안선자는 앗다시피 은편을 받아 들었다.

납작한 그것은 흔한 은편과 크게 다르지, 아니, 달랐다.

그곳에는 깊은 흔적이 하나 남아 있었다. 그것은 손가락의 흔적이었다. 그녀는 멍한 눈으로 고개를 돌렸다.

문가를 보는 그녀의 눈은 그저 불신과 경악으로 가득했다.

"……."

아무런 말도 할 수가 없었다.

"저, 저… 아가씨? 은편은……."

어린 점소이가 조심스럽게 말을 꺼냈지만, 그녀는 돌아보지 않았다.

설마…….

용문 피풍의와 그 밑의 기이한 검은 복장, 그리고 비인의 눈동자와 경지를 짐작할 수 없는 열양지공.

그녀는 단 한 사람밖에 떠올릴 수가 없었다. 부지불식간에 한마디가 입 밖으로 흘러나왔다.

"아, 암제……."

멍한 중얼거림이 다시금 웅성거릴 듯하던 객잔을 침묵에 빠뜨렸다. 실체 없던 강호의 한 조각이 방금 눈앞에 나타났다가 사라진 것이다.

호안선자의 얼굴에서 식은땀이 굵게 맺혀 흐르기 시작했다.

혈왕을 죽이고 혈왕문을 멸망시킨 자.

독왕을 죽이고 독왕문을 멸망시킨 자.

세상은 그를 암제라 칭했다.

이제는 암왕마저 굴복했다지 않던가.

자신이 누구에게 성을 냈는지 그녀는 비로소 깨달았다. 그러자 뒤늦게 온몸에서 진저리가 일었다. 더 참고 있을 수 없었다. 그녀는 부들부들 떨리는 어깨를 겨우 감싸 안으며 자리에 그대로 주저앉았다.

그녀는 두려웠다. 그녀뿐 아니라 객잔의 살아 숨 쉬는 모든 것이 그러했다.

그들은 무엇을 겪었는지 알 수 없었다. 당가의 봉문에 달려온 길이 그대로 황천길이 될지도 몰랐다.

뚜렷한 근거도 없이 이곳에 자리한 뭇 무림인들은 그렇게 느꼈다. 잠깐 사이 식은땀에 모든 이의 등줄기가 축축해졌다. 그러하니 앞에 섰던 여인은 오죽할까.

그녀는 흐느적거리더니 그대로 제자리에 주저앉았다.

"사, 사저!"

"사저!"

난화삼검이 뒤늦게 달려와 그녀를 부축했다. 이 작은 소란함은 암제라는 이름에 무게를 더욱 실어주었다.

이환은 객잔의 소란함에는 신경 쓰지 않았다. 그는 묵묵히 걸을 뿐이었다. 그가 지난 자리의 산천초목(山川草木)은 두려움에 몸을 움츠렸다.

이환은 거칠 것이 없었다.

그의 검은 신형은 점차 바람 속에 스며들었다. 세상의 눈으로는 그를 쫓을 수 없었다.

그 모습은 실로 천마군림행(天魔君臨行).

천마가 가고자 함에 거스를 것은 없다.

*　　　*　　　*

"흠."

짧은 숨소리가 가만히 들렸다. 그는 푸른 창공을 머리 위에 이고 고요히 앉아 있었다. 그는 고개를 흔들었다. 쉬이 이해하기 힘들었다.

그의 후인이라 하기에는 너무도 고요하지 않은가.

그러하나 지닌 기파는 분명 그의 공부와 흡사했다. 천하에 짝을 찾을 수 없는 공부이니.

노인은 하얀 비단과 다르지 않은 수염 자락을 천천히 쓰다듬었다. 백담에서 용어를 낚던 노인이다. 그는 천자라 적힌 하얀 장포를 뒤로 드리운 채 홀로 높은 봉우리에 앉아 있었다.

가장 높이 나는 학조차 지쳐 날개를 쉬고 오르는 곳이다. 노인은 이곳을 천종애(天縱崖)라 했다.

노인은 곧 눈을 돌렸다.

"하면 저곳은 또 어떠한가?"

까마득한 천종애 아래는 짙은 운해였다. 구름인지 안개인지 두텁게 얽혀 볼 수 있는 것이 하나도 없었다. 그러나 노인의 깊은 눈은 그 모든 것을 꿰뚫고 보고자 하는 것을 바라보았다.

노인의 눈길이 향한 곳은 구름 아래 북쪽이었다.

"호오, 허허."

곧 너털웃음을 흘리며 고개를 끄덕였다.

"아주 헛되이 스러졌다 여겼건만 치번뇌의 씨가 다시 일어날 줄이야. 이거 정말 재미있구먼."

노인은 손뼉을 치며 기꺼움에 겨워 입을 열었다.

"이번에는 얼마나 갈거나… 허허."

해맑은 웃음을 지으며 노인은 뚫어져라 눈길을 주었다.

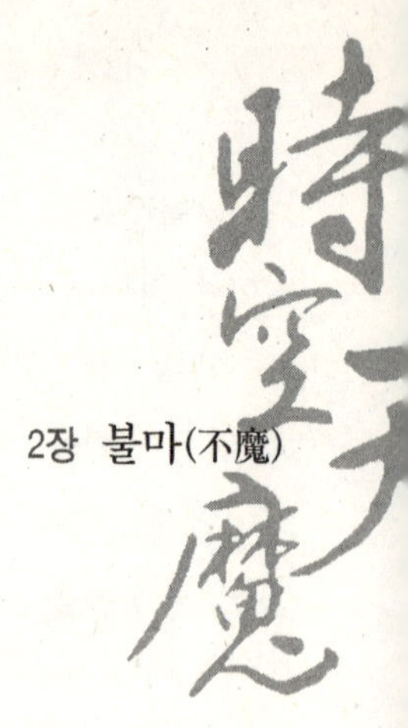

2장 불마(不魔)

　보연은 쉬이 선정에 들 수 없었다. 그의 손에서 백팔염주는 헛되이 제 몸을 굴렸다.

　"허어."

　아무래도 아니 되겠는지 보연은 한숨을 흘리며 감은 눈을 떴다. 흔들리는 불빛은 붉었다.

　"어인 일인고."

　보연은 서리 내린 하얀 눈썹을 모았다. 그에게도 심마가 찾아오려는가. 들고자 하면 어려움 없이 가라앉던 심상이 이날은 어지러워 쉬이 가라앉지 않았다.

아직 수양이 모자라구나.

보연은 부족한 수양을 탓하며 쓴웃음을 지었다. 무엇이 이리 근심 걱정인고 돌이켜 살피니, 돌아온 나한들이오 보각에 대한 걱정이었다.

잘못된 출진이었다. 잘못된 상대였다. 이는 방장인 보연 자신의 오판이었다. 그러하나 이 한때의 실패를 거울 삼아 다시 일어서기를 기대했다.

능히 그럴 재지를 지닌 자들이라 여겼다. 그러하건만……

"아미타불."

보연은 염주를 굴리며 나직이 불호를 흘렸다. 착잡함이 가득했다. 보연은 그렸던 소림의 밝은 앞을 뒤로 미뤄야 했다.

보각의 자해는 실로 경악할 일이오, 가슴 아픈 일이었다.

급히 조치한 덕에 생명에는 지장이 없다고 하지만.

"미련한 사람, 미련한 사람."

보연은 고개를 가로저으며 쓸쓸히 중얼거렸다. 바로 그때였다. 바깥에서 그를 찾는 목소리가 조심스레 들렸다.

혼란한 목소리였다.

"방장."

"보각인가?"

"예."

들려오는 목소리가 심상치 않았다. 보연은 잠시 눈을 감았다. 그리 충격이었던가.

보연은 곧 고개를 끄덕였다.

하긴 사조성, 신인의 존재란 것이 어디 보고 듣는다 해서 쉬이 받아들일 만한 것이겠는가.

그 자신도 그때를 생각하면 아직도 가슴이 떨리건만.

"바람이 제법 차네. 안으로 들게나."

"예."

문이 열리며 창백한 낯의 보각이 모습을 드러냈다. 휘청하는 모습이 아직 내상이 가라앉지 않은 듯했다.

'못난 사람.'

보연은 남몰래 안타까운 한숨을 흘렸다. 하지만 드러내지 않고 맑은 미소를 머금으며 보각을 올려다보았다.

"어이 그리 서 있는가?"

"방장."

보각은 그의 앞에 가만히 무릎을 꿇었다. 보연은 의아한 눈으로 그가 하는 양을 바라보았다.

깊숙이 엎드린 그는 고개를 숙인 채 말했다.

"불민한 제자가 죄를 청하오이다, 방장."

"허허, 제자 보각은 무슨 죄를 청하려 하는가?"

보연은 웃으며 물었다. 참으로 깨달았는가. 반가운 미소였다. 그때였다. 보각의 목소리가, 아니, 짐승의 으르렁거림이 그의 귀를 때렸다.

"기사멸조(欺師滅祖)이옵니다."

"무슨!"

고개를 치켜든 보각의 눈에서 시퍼런 광망이 번뜩였다. 보연이 당혹할 새 보각의 쌍장이 날아들었다. 탁한 금광이 장심에 어려 있었다.

"……!"

꽝!

벽력이 크게 울렸다. 보연의 신형이 크게 휘청거렸다. 그는 눈을 치떴다. 그의 앞으로 보각이 몸을 일으켰다. 그의 입에서 짐승의 으르렁거림이 흘러나왔다.

"크르르르… 정법만이… 정법만이……."

"보, 보각, 자네……."

"크흐!"

보연은 피를 게워내며 겨우 입을 열었다.

보각, 아니, 범계광불은 다시 눈을 희번덕거리며 보연을 향해 다가섰다. 그의 장심에 다시 탁한 금광이 휘돌기 시작했다. 경악한 보연의 얼굴 위로 그림자가 내렸다.

쾅!

복합 플라스틱으로 만들어진 티 테이블이 산산조각 났다.

이환이었다. 그는 더없이 일그러진 눈으로 화면을 노려보고 있었다.

피를 흘리며 고개를 숙이는 보연의 모습이 있었다. 그 앞에서 보각은, 범계광불은 스산한 흉소를 흘리며 깡마른 어깨를 흔들었다.

제가 한 일이 흥에 겨워 어쩔 줄 몰라 했다.

"……."

이환은 차가운 눈으로 범계광불의 모습을 노려보았다. 문득 감정은 사그라지고 이환은 비릿한 조소를 머금었다.

그는 다시 의자에 몸을 파묻었다.

좋아, 어디 한번 날뛰어봐. 받아주지.

이환은 화면을 바라보았다. 범계광불은 보연의 방을 뒤지기 시작했다.

그는 어렵지 않게 원하는 것을 찾았다. 녹빛의 긴 불장.

소림 방장의 전권을 의미하는 녹옥불장이었다.

"흐흐… 흐흐……."

이미 넘을 수 없는 선을 넘은 범계광불이었지만, 직접 대면한 녹옥불장에 쉬이 손을 뻗지 못했다.

그는 망연한 눈으로 불장의 영롱한 녹빛을 바라보았다. 뻗은 손을 머뭇거림으로 움찔거렸다.

쉽게 잡을 수 없었다. 아무리 광기에 휩싸였다 하지만, 그 역시 소림의 제자. 녹옥불장의 신령한 권위는 아직 그의 눈 아래에 있지 않았다. 그러나 머뭇거림은 잠시.

"크크크."

보각은, 아니, 범계광불은 흉소를 흘리며 덥석 녹옥불장을 움켜쥐었다. 순간, 신령한 듯 빛을 발하던 녹옥의 빛이 사그라졌다.

그저 녹빛의 불장에 지나지 않았다.

범계광불은 그 차이를 미처 깨닫지 못했다. 그저 소림의 권위를 손안에 넣었다는 기쁜 마음에 한껏 취할 따름이었다. 그는 기이한 빛이 번들거리는 눈으로 발밑에 쓰러진 보연의 모습을 내려다보았다.

"크, 크크… 무지한 자여, 참회하라. 참회하고 참회하라."

범계광불은 쓰러진 보연의 귓가에 속삭였다. 그는 벌컥 선방의 문을 열어젖혔다.

소림의 지붕 위로 밤하늘은 깊었다.

범계광불은 크게 공력을 끌어올렸다. 두 눈에서 시퍼런 빛이 번뜩였다.

소림 경내에 돌연 거대한 사자후가 크게 울려 퍼졌다. 여러 개의 범종을 함께 흔드는 것 같았다.

"어허허허헝!"

쩌렁쩌렁한 그 일갈에 대들보가 들썩였다. 선정에 들었던 뭇 승려들이 화급히 깨어났다.

그들은 잠시 반응치 못하고 다시 귀를 기울였다. 방금 무슨 소리가 들린 것인가. 들려온 방향은 소림의 깊은 곳이었다.

의문이 들기가 무섭게 다시 사자후가 터졌다.

"끄어어어어어엉!"

그 비통함이 절절했다. 무슨 일이 벌어진 것인가? 소림의 무승들은 당혹감을 감출 수 없었다.

그들은 이내 방을 박차고 나섰다.

방장실 앞에서 녹옥불장을 그러쥔 보각이 주저앉아 있었다. 그는 망연한 얼굴로 달려오는 제자들을 바라보았다.

거듭 내지른 사자후로 그는 기운이 없었다.

"무슨 일이오, 탕마전주?"

"아니, 어찌 그대의 손에 녹옥불장이 있는 것인가?"

도착한 소림의 승려들은 보각과 그의 손에 쥐어진 녹옥불장을 보고 대노해 외쳤다.

거센 기세가 절로 일어났다. 보각은 힘없는 목소리로 속삭이듯 겨우 말했다.

"방장, 방장께서 내게 내어주신 것이오."

"무어라? 있을 수 없는 일이다!"

소림 승려들은 얼굴을 찌푸리며 버럭 외쳤다.

"방장, 방장께선 어디 계신가? 내 직접 뵈어야겠다!"

분노한 기색이 역력했다. 그들은 더 보각과 말을 섞기도 싫다는 듯 거칠게 소매를 떨쳤다. 순간, 보각의 눈가에 굵은 눈물이 고였다.

그는 결국 곧은 신형을 허물어뜨리며 통곡했다.

"어허허헉! 으흐흐흑……!"

구슬픈 그의 울음에 당장에라도 그를 제압할 듯 기세를 흘리던 승려들의 신형이 멈칫했다.

울음 속에서 보각은 외쳤다.

"마인, 마인의 짓이오! 마인의 침습으로 방장께서……!"

"……!"

승려들의 얼굴에 경악이 앉았다. 그들은 다급히 보각을 지나쳐 방장실의 문을 열어젖혔다.

곧 그들의 눈앞에 드러난 광경에 승려들은 눈을 치떴다.

"바, 방장!"

"약사전주! 약사전!"

좌정한 채 피를 쏟는 보연의 모습에 각 전의 수장들은 혼비백산했다. 여기서 수양을 따질 겨를은 없었다.

"맥이, 맥이……."

다급히 달려온 약사전주는 보연의 맥을 짚고는 굳어버렸다. 그는 두려운 얼굴로 고개를 들었다. 그 낯을 보는 것만으로도 승려들은 얼어붙었다.

"어, 어찌 이런 일이……."

"아, 아직 숨은… 숨은 붙어 계시오이다. 아직……."

약사전주는 이를 악물고 말했다. 그러나 그것이 허망한 말임을 그도 잘 알고 있었다.

보 자 배의 뭇 승려들은 넋을 놓을 수밖에 없었다. 비록 같은 배분이라 하지만 그들에게 보연은 방장인 동시에 사형이요 사제였다.

어찌 이런 일이 벌어질 수 있단 말인가.

보연의 몸은 급히 제심전으로 옮겨졌다. 좁은 선방은 보연이 흘린 한 사발가량의 핏자국으로 붉었다.

텅 빈 방만큼이나 자리에 있는 소림 승려들의 가슴도 텅 비어버렸다.

혼란과 두려움이 크게 일었다. 일생을 수행에 정진해 온 이들이건만 그만큼 그들에게 보연의 존재는 커다란 것이었다.

이제 어찌하면 좋은가.

의문이 들었다. 그들은 문득 눈을 돌려 보각을 바라보았다.

그는 처음 자리에 주저앉은 채 어깨를 떨고 있었다. 굵은 눈물이 방울져 흘러내렸다.

보각의 수중에는 틀림없이 녹옥의 불장이 들려 있었다. 일말의 훼손 없이 멀끔한 모습이었다.

그들의 시선을 느꼈음인지 보각은 흐느낌을 거두고 녹옥
불장을 높이 들었다.

"아미타불."

녹옥불장의 진체에 승려들은 불호를 읊으며 허리를 굽혔
다. 보각은 침통한 표정 그대로 몸을 일으켰다.

탕마전의 나한들을 제외한 소림의 전 제자들이 이 한자리
에 모였다.

눈과 눈이 보았고, 귀와 귀가 들었다. 입과 입은 굳게 다물
어졌다.

"어찌 된 게요?"

조용히 물었다. 슬픔이 가득한 목소리였다. 그 물음에 보
각은 선뜻 말문을 열지 못했다. 그는 눈을 질끈 감으며 이를
악물었다.

어찌 다시 입에 올릴까 참담해하는 모습이었다.

"…제……"

참담함이 깊어 입을 열기까지 오랜 시간이 걸렸다. 그러나
재촉하는 이는 아무도 없었다. 겨우 정신을 수습한 보각은 악
문 잇새로 말문을 열었다.

"내 큰 죄를 깨달아 방장께 용서를 구하고 다시 한 번 죄를
청하려 했소이다. 그, 그런데… 바, 방장께옵서는 이미… 크

흑……!"

"허어, 아미타불."

그저 할 수 있는 말이 한마디 불호뿐이었다. 비통함을 기어코 삼킨 보각은 새삼 얼굴을 굳혔다.

"보시오!"

그는 녹옥불장을 높이 치켜들었다.

소림 승려들은 분분히 몸을 바로 하고 허리를 깊이 숙였다. 그들을 둘러보며 보각은 목소리를 높였다.

"재세마인의 야욕이 불문 성지에 든 것은 실로 씻지 못할 치욕이오!"

"그러하옵니다."

"하여 빈승은 방장 대리로서 전 소림 제자들에게 명하겠소."

"하문하소서."

"소림의 이름 아래 대성회를 열겠소. 탕마멸사 그 네 글자 앞에 소림은 천년의 거력을 드러낼 것이오."

"아미타불!"

우렁우렁한 반야신공의 공력에 소림 산문이 흔들렸다. 우렁찬 소림승들의 일시일음한 대답에 숭산이 흔들렸다.

제자들은 미처 보각의 가까이에 이는 흐릿한 기운을 읽지 못했다. 녹옥불장의 권위가 지대한 탓이었다.

본래라면 반야신공의 공력 아래 담담한 연화향과 더불어 일어야 할 오채금광이 지금은 한없이 탁한 검은빛에 지나지 않았다.

보각은 슬픔이란 가면을 뒤집어쓴 채 음험하게 웃었다.

정법만이 세상의 진리요, 정법만이 그가 존재하는 이유였다.

이환, 마인, 그가 신의 현신이라고? 허튼소리, 그런 소리를 감히 입에 올린 방장이야말로 심마에 빠진 것이 틀림없었다.

보각은 거듭 스스로에게 되뇌었다. 그는 표정 없이 웃었다.

탕마하리라. 정법의 깃발 아래.

천년 소림 그 거대함을 친히 보여주리라.

보각의 눈동자에 음험한 살기가 어렸다. 그의 손에서 녹옥불장은 빛을 발하지 않았다.

여기까지가 소림의 일이었다.

이환은 손가락을 두들겼다. 소림을 정리하고 당가를 처리했다. 그런데 또 다시 소림인가.

쉽지는 않겠어.

이환은 눈을 돌렸다. 여러 가지 화면이 동시에 떠올라 있었다. 넓은 모니터 룸의 전면에 여러 가지 화면이 오갔다.

그중에서 먼저 눈에 들어온 것은 야왕과 암왕의 모습이었다. 그들 둘은 침묵 상태였다. 하나는 자의에, 다른 하나는 타의에.

이환은 눈매를 좁혔다. 그는 손가락으로 야왕을 가리켰다. 그러자 화면이 넓어지며 그에 관한 뭇 정보들이 남김없이 화면상에 떠올랐다.

그가 이룬 귀림의 근간이 고스란히 이환의 눈에 펼쳐진 것이다. 귀림의 위치와 문하의 수, 그들의 구조, 일개 제자의 시시콜콜한 것까지 남김없이 떠올랐다.

변동 사항은 없었다.

야왕은 그의 말대로 침묵을 택했다. 하지만 눈을 감았다고 해서 귀까지 닫은 것은 아닐 터.

소림의 일로 그가 어떤 움직임을 택할지. 이환은 짧게 웃었다. 그는 다시 시선을 돌렸다. 다른 벽의 모니터에는 화톳불 하나가 타오르고 있었다. 불길 위에 익어가는 것은 한 마리의 들개였다.

찰싹 달라붙은 거지 하나와 드러누운 여러 거지의 모습이 있었다.

"개방이라……."

이환은 가만히 중얼거렸다.

야왕, 암왕에 이어 걸왕이라니……. 누군가의 농간일까.

이환은 손가락을 흔들었다. 화면의 시점이 바뀌며 저만치 돌아누운 늙은 거지의 얼굴을 비추었다.

소림으로 향하는 길목이었다.

소림의 변괴를 눈치챈 것인가. 천하제일세라는 이름이 허황된 것은 아닌 모양이었다.

이환은 문득 입꼬리를 비틀어 올렸다.

이건 나쁘지 않겠는걸.

이환은 몸을 일으켰다. 그에게는 마침 알맞은 이름이 하나 있었다.

암제.

＊　　　＊　　　＊

숭산이 멀지 않았다. 하지만 걸왕은 서둘러 나서지 않았다. 개봉에서 여기까지 질풍 같은 기세로 달려와 놓고는 무거운 엉덩이를 다시 깔고 앉아버린 것이다.

그를 수행하는 용호개들은 언제나 있었던 일인지라 그런가 보다 하는 모습들이었다.

걸왕은 심드렁한 얼굴로 용호개들이 깔아놓은 거적 위에 팔을 베고 드러누웠다. 모습을 보아하니 하루 이틀에 움직일 것 같지 않았다.

용호개들은 항상 그러하듯이 역할을 분담했다.

누구는 가까이 분타로 달려갔고, 누구는 어디서 뱀이든 개든 잡으러 죽봉 하나 꼬나 쥐고 수풀로 나아갔다. 가까이 민가로 동냥질 간 용호개도 있었다.

세상 사람들은 개방의 최정예라 할 수 있는 용호개가 저러고 돌아다닐 줄은 꿈에도 생각지 못할 것이다. 하지만 용호개든 뭐든 개방도의 본질은 어디까지나 거지인 것을.

걸왕은 입이 찢어져라 길게 하품을 했다.

"으하하하함!"

걸왕은 노곤함을 감추지 않았다. 반쯤 감긴 눈으로 그는 뉘엿뉘엿 저물어가는 노을을 바라보았다.

게으름과 여유로 가득한 눈곱을 긁적이며 걸왕은 퀭한 눈을 끔뻑였다.

"거지새끼야, 저녁은 멀었누?"

걸왕은 한창 불을 지피고 있는 짝다리에게 물었다. 그러자 온통 검댕이가 된 얼굴이 불쑥 고개를 내밀었다.

"헤헤헤, 방주, 불이 잘 안 붙는디요."

"……."

천연덕스레 웃는 짝다리의 모습에 걸왕은 혀를 찼다.

'에잉, 모자란 놈.'

속으로 웅얼거린 걸왕은 대뜸 가까이 떨어져 있는 나뭇가지 하나를 집어 들었다.

엄지로 몇 차례 문지르기가 무섭게 검은 연기가 한 가닥 피어올랐다. 걸왕은 대수롭지 않은 듯 나뭇가지를 멀리 던졌다.

그의 손을 떠나는 것과 동시에 나뭇가지는 허공에서 화르르 불길이 일었다. 짝다리가 엉성하게 쌓아놓은 장작더미에 뚝 떨어지며 무섭게 불이 붙었다.

다른 불쏘시개도 필요없었다. 짝다리는 멍청하게 바라보다가 이내 멍한 웃음을 흘리며 납작 엎드려 훅훅 숨을 불어넣었다. 한번 일은 불길은 붉게 타올랐다.

"아이고, 배고프다!"

걸왕은 들으라는 듯 버럭 소리쳤다. 쩌렁쩌렁 그의 외침이 사방에 크게 울렸다.

멀리 나간 용호개들의 귓가에 울릴 정도였다.

얼마 지나지 않아 한 손에 들개 꼬리를, 한 손에는 무언가 꿈틀거리는 포대를 움켜쥔 용호개들이 속속 모습을 드러냈다. 때가 꼬질꼬질한 박 속에 한가득 밥을 들고 온 거지도 있었다.

거지들의 성찬은 금세 마련되었다.

용호개들은 누구보다 익숙한 손길로 불을 피우고, 개를 잡고, 뱀 껍질을 벗겼다.

당장 메마른 벌판에 먹음직스런 음식 냄새로 가득 찼다. 배고프다고 소리칠 때는 언제고 걸왕은 돌아누운 채 움직이지 않았다.

"방주님."

"……."

묵묵부답이었다. 또 저놈의 변덕이 시작된 모양이다. 도대체가 천중십존이란 자들은 왜 하나같이 제멋대로인지, 아니, 제멋대로여야 천중십존에 들 수 있는 것인지.

용호개들은 머리를 긁적이며 저들끼리 한숨을 주고받았다. 그들은 차린 음식을 걸왕 앞에 놓아두고 말없이 사방으로 흩어졌다.

걸왕을 중심으로 두서없이 자리를 잡은 그들은 그대로 벌러덩 드러누웠다. 일견 규칙 없어 보이는 모습이었지만, 서른여덟의 용호개들이 드러누운 곳 하나하나는 사방으로 켜켜이 잠가 버린 문과 같았다.

소림에 백팔나한진이 있다면 개방에는 이것이 있었다.

용호풍운진(龍虎風雲陣).

백팔나한진이 무엇이든 꿰뚫는 무적의 창이라면, 용호풍운진은 어떤 것으로도 깨뜨릴 수 없는 불패의 방패였다.

절세의 방호진(防護陣)인 용호풍운진. 하지만 사정 모르는 짝다리는 어리바리한 모습으로 걸왕과 용호개들의 모습을 바라보다가 바닥에 떨어진 들개의 뼈 하나를 집어 들고는 불가에 쪼그려 앉았다.

쪽쪽 뼈를 빠는 짝다리의 소리가 탁탁 튀어 오르는 장작 소
리와 함께 울렸다.

걸왕은 음식 냄새를 킁킁거리다가 그대로 눈을 감았다.

사실 먹는 게 중요하지 않았다. 다만 생각할 여유가 필요할
따름이었다.

등봉현으로 향하는 동안 보고 들은 일들은 심상치 않았다.

소림에서 나한이 나섰다는 것이 무엇을 의미하는지 걸왕
은 잘 알고 있었다. 그것은 소림의 주춧돌이 들썩였다는 것과
다름없었다.

또한 소림의 주춧돌은 나아가 무림의 주춧돌과 다르지 않
았다.

걸왕은 뒤치락거렸다.

그는 보연의 모습을 떠올렸다. 자신에 비하면 어리다 해야
겠지만 노회하기로는 저 못지않았다.

'무슨 일이 있었는가, 보연.'

소림은 대성회를 선포했다.

알려지지 않은 나한의 출진과 마찬가지로 소리없는 나한
들의 귀환.

무엇을 목적으로 했던가. 그 직후에 소림대성회라니…….

소림에서 대법회를 연 적은 있었지만, 대성회와 같은 일을 벌인 적은 지난 백 년 내에 없었다.

등봉현에 가까울수록 천하 각지에서 소림의 속가라 자처하는 뭇 무인들의 모습이 보였다. 하나같이 들뜬 모습들이었다.

그들의 들뜸은 강호 풍진이 오랜 걸왕에게는 불안과 불길한 징후로 다가왔다. 바람은 다가오지 않았건만 걸왕은 바람이 지난 후를 걱정했다.

그때였다.

"저… 방주, 개고기 먹어도 될까요?"

"……."

천진한 목소리가 걸왕의 진지한 상념을 깨뜨렸다. 걸왕은 감은 눈을 떴다. 고개를 돌리니 군침을 질질 흘리며 짝다리가 가까이 얼굴을 들이밀고 있었다.

짝다리는 우걱우걱 혼자 개다리를 뜯었다. 한 손에는 제 허벅지만 한 개다리를, 다른 손에는 뱀 한 마리를 집어 든 채 마구잡이로 씹었다.

맛이나 알고 먹는 것인가.

제법 심각한 생각에 돌아누워 있던 걸왕은 더 참을 수 없었다. 그는 벌떡 몸을 일으켜 냅다 소리쳤다.

“이 썩을 거지새끼야, 혼자 다 처먹을래? 앙!”

“…우구, 우어아아아아어우아!”

“뭐라는 거냐? 닝기리!”

볼이 터져라 밀어 넣고 있던 짝다리는 억울하다는 듯 눈을 동그랗게 뜨고 외쳤다. 하지만 고기로 가득 찬 입에서 제대로 된 말이 나올 리 만무했다.

걸왕은 벌떡 자리에서 일어나 짝다리의 입에서 억지로 밀어 넣은 개다리를 끄집어냈다. 채 반도 씹지 않은 놈이었다.

걸왕은 아랑곳 않고 으적 뜯어 물었다. 그제야 곳곳에 무질서하게 드러누워 있던 용호개들도 슬그머니 몸을 일으켰다.

제 손으로 잡아와 하나하나 손질해 구운 놈을 이제껏 맛도 못보고 있다니 거지로서 낯부끄러운 일이었다.

그네들은 걸왕이 음식에 손대기가 무섭게 찰싹 달라붙어 하나둘 손을 뻗기 시작했다.

제법 풍족했던 먹을거리가 비어가는 것은 그야말로 순식간이었다.

그것이 개방다운 것이다. 어느 틈엔가 먹을거리에서 멀어진 짝다리는 우울한 눈으로 먹어대는 걸왕과 용호개들을 바라보았다. 그는 아직 입안에 남은 뱀 고기를 으적으적 씹었다.

기름진 손가락을 쪽쪽 빨며 그는 불쌍하게 몸을 웅크렸다.

문득 짝다리는 고개를 갸웃했다. 뭔가 이상했다. 슬그머니 등가를 스치고 지나는 데에 그저 바람결이 아닌 듯했다. 그보다 좀 더 스산한 것이…….

짝다리는 슬그머니 고개를 돌렸다. 문득 가까이에 누군가의 발이 보였다. 본 적 없는 검은 신이었다. 그는 신을 따라서 시선을 들었다.

검은 천이 보였고, 더 위로 올라가니 특이한 복색에 검은 용문의 피풍을 걸친 한 사내가 그를 묵묵히 내려다보고 있었다.

짝다리는 몇 차례 눈을 깜빡였다. 내가 제대로 보고 있는 건가. 그는 정체를 알 수 없는 그와 눈을 마주하며 헤헤 웃었다.

닭적이는 머리에서 하얀 비듬이 부스스 떨어져 내렸다.

"바, 방주."

"우걱우걱!"

짝다리는 그에게서 눈을 떼지 못한 채 팔을 흔들며 걸왕을 찾았다. 하지만 돌아온 대답은 바삐 씹는 소리뿐이었다.

"아니, 저기, 그러니까, 방주니이이임!"

"아, 니미! 먹느라 바쁜데 왜 자꾸 불러 싸고 지랄이야, 지랄이!"

걸왕은 짜증스레 외쳤다. 진정으로 분노한 기색이었다. 밥 먹을 때 건드리는 것이야말로 개방과 척을 지는 지름길이라 하지 않던가.

하지만 짝다리의 차분한 말에 걸왕은 곧 씹던 입을 멈추고 말았다.

"저, 손님 오셨는데요."

"……"

바쁘던 용호개들의 동작이 딱 멈췄다. 그들은 미어터져라 밀어 넣은 얼굴로 고개를 돌렸다.

그들 뒤에 일렁이는 불빛에 짝다리의 모습, 그리고 그 뒤에 서 있는 한 사내의 인영을 볼 수 있었다.

누구도 먼저 입을 열지 못했다. 먹을거리를 움켜쥔 손이나 입 주변은 기름으로 번들거렸다.

사내를 바라보는 용호개들의 얼굴은 머쓱한 표정들이었지만 그들 눈빛은 차갑게 가라앉았다.

어느 틈에……

이렇게 가까이 다가선 것을 눈치채지 못한 것이 문제가 아니었다. 사내가 선 위치. 그것이 문제였다. 그들에게는 무엇보다 큰 문제.

사내가 선 곳은 용호풍운진에 있어서 주요한 위치였다.

지금 용호개들의 위치에서는 생사지(生死地)와 다르지 않왔다. 진을 발동하여도 사내에게는 무용할 것이다. 진은 그 지점까지 닿지 않는다. 그러나 사내에게는 진의 요체가 바로 코앞이었다.

우연인가, 아니면…….

"으적… 으적……."

용호개들은 경계로 가득한 눈을 한 채 아직 입안에 남은 음식들을 짓씹었다.

꽤나 오래 침묵을 지키고 있던 걸왕은 문득 입을 벌렸다.

"꺼으으윽!"

걸왕은 입가를 스윽 문지르며 엉거주춤 몸을 일으켰다.

"그래, 뉘신데 거지 밥 먹는 모습을 그리 뚫어져라 보시나?"

"……."

걸왕은 건들거리며 걸음을 옮겼다. 서로 호의는 찾아볼 수 없었다. 다가오는 걸왕이나 말없이 지켜보는 사내나.

적의와 경계로 가득했다.

걸왕은 굳이 숨길 것 없이 잔뜩 기세를 일으켰다. 움켜쥔 죽봉은 당장에라도 봉영을 떨칠 듯 움찔거렸다.

용호개들도 하나둘 몸을 일으켰다. 손에 개 뼈를 든 채 입은 여전히 우걱거렸다. 하지만 그들의 손에 들린 뼈는 언제든지 사내의 전신을 노리고 날아들 것이다.

용호풍운진의 요점을 선점당했으나, 그렇다고 그들 용호개가 전부 무력한 것은 아니었다.

사내는 차가운 눈으로 다가선 결왕을 바라보았다. 추호의 머뭇거림도 없었다. 그 사이에서 짝다리는 어색하게 웃고 있었다. 뭘 어떻게 해야 할지 전혀 알지 못하는 얼굴이었다.

"……."

결왕의 눈은 떳떳했다. 일말의 부끄러움도 거리낌도 없는 자의 눈이었다. 이환은 그런 눈을 한 사람을 하나 더 알고 있었다. 아니, 그런 눈을 했던 사람이라고 해야겠지.

그날 이후 다시는 그를 볼 수 없을 테니까.

"크……."

이환은 입꼬리를 비틀어 올렸다. 무슨 쓸데없는 감상이냐. 돌연한 조소에 앞에 선 결왕의 눈살이 크게 일그러졌다.

아니, 이 어린놈이.

"결왕이 이곳에는 무슨 일일까?"

문득 던져진 말에 결왕은 흠칫 어깨를 떨었다. 시기가 기괴하게 적절했다.

속으로 괘씸한지고 하며 가벼이 경력을 발하려는 순간이었다. 마음먹기가 무섭게 시커먼 어린놈은 한마디로 맥을 잘라 버렸다. 그것도 무시할 수 없는 말로.

'그나저나 무어라? 걸왕? 이런 마빡에 피도 안 마른 놈이.'

걸왕은 킁 하고 코웃음쳤다. 당혹스런 속내는 이미 깊숙이 가라앉았다.

"너 어린놈, 눈이 제법이로구나."

걸왕은 예의 건들거리며 고개를 내밀었다. 성근 이 사이로 고깃덩이가 끼어 있었다.

말 한마디에 섞여 다가오는 구취는 지독했다.

잠자코 바라보고 있던 이환은 미리 준비하기를 잘했다 생각하며 주머니에서 작은 통을 꺼내 들었다.

이놈이 무얼 하는거? 걸왕은 지저분한 허연 눈썹을 잔뜩 일그러뜨렸다.

이환은 태연했다. 그는 걸왕의 앞에서 작고 긴 통을 만지작거렸다. 끝을 돌린 그는 걸왕을 흘깃 바라보았다.

무감한 눈동자에 걸왕은 마주 눈을 부라렸다. 이런 건방진 놈이.

생각이 들기가 무섭게 이환은 섬전보다 빠른 속도로 걸왕의 입안으로 원통을 들이밀었다.

칙!

짧은 소리와 함께 걸왕은 기겁하며 후다닥 뒤로 물러섰다.

"에페, 에페페페페! 뭐, 뭐야! 케헥!"

걸왕은 갑작스런 차가운 기운에 놀라 목줄기를 부여잡았
다. 입안이 화끈하고 얼얼해지기 시작했다.

독, 독인가?

걸왕은 눈을 치떴다. 손동작은 보이지도 않았다. 어떤 반
응을 보이기도 전에 어린놈은 그의 입안에 무슨 짓을 한 것이
다.

시대의 절대자로 꼽히는 걸왕이 이렇게 어이없이 당하다
니.

걸왕은 분노로 파들 몸을 떨었다. 그러나 이환은 태연했
다. 그는 주변을 향해 다시 원통을 이리저리 뻗었다.

칙, 치칙, 치칙!

똑같은 소리가 거듭 울렸다. 이환은 무덤덤한 눈으로 손을
흔들었다.

"냄새 하고는."

그는 짤막하게 말했다. 그가 걸왕 주변에 뿌린 것은 방향제
였다.

찌든 내, 곰팡내, 음식 냄새 모두 한 번에 제거하는 뿌리는
방향제라는 선전 문구로 꽤 유명한 제품이었다.

걸왕을 만나야겠다는 생각이 들기가 무섭게 떠오른 물건
이기도 했다.

"챙기기를 잘했군."

이환은 중얼거리며 불가로 다가갔다. 걸왕의 날카로운 눈과 용호개의 이글거리는 적의 가득한 눈빛을 아랑곳하지 않고 그는 걸어 들어갔다.

그는 불가에 걸터앉았다.

"뭐 하시오, 식사 중이시라더니?"

"……."

당혹은 의혹으로, 의혹은 곧 웃음으로 바뀌었다.

"크하하하! 이거이 아주 재밌는 놈이구먼."

"……."

이제부터는 별로 재미없을 텐데.

걸왕은 먼지 나게 털썩 주저앉았다. 아직 불 위에서 자글거리는 개고기 위로 먼지가 날렸지만, 눈살 찌푸리는 사람은 아무도 없었다.

하긴, 다 거지이니.

"그래, 눈치를 보아하니 대충 뭐 하는 놈인지는 알겠고, 뭐 하러 이 거지를 찾아왔누?"

적의가 없음을 깨닫기가 무섭게 걸왕은 예의 실실거리는 웃음을 되찾았다.

걸왕은 불길 너머 어른거리는 이환의 모습을 빤히 바라보았다. 아무런 근거도 없지만 연륜과 감은 그가 누구라고 말해

주고 있었다.

"내가 누굴 것 같소?"

"굳이 떠들 거 뭐 있나. 세상 사람들이 다 그러더군. 왕위의 일제가 있어 어둠 속에 시위를 겨눈다고."

"어둠 속에서 시위를 겨눈다라……."

제법 운치있는 표현이지 않은가. 걸왕은 이환을 바라보며 히죽 웃었다. 입에 대뜸 뿌린 것이 무언지는 모르나 맛은 더럽게 없었다. 적어도 독은 아니었다.

쓰고 괴로운 끝에 어릿한 청량감이 일었다. 일전에 권왕을 찾았을 때 그가 권했던 꽃차와 흡사한 향이었다.

향긋할지는 몰라도 맛은 더럽게 없었다.

이런 냄새로 입안을 채우고 있을 수는 없지. 걸왕은 손을 뻗어 개고기 한 주먹을 뜯어내 그대로 입에 밀어 넣었다. 으적거리며 그는 말했다.

"할 말 있음 어여 말하시게."

"소림으로 가는 길, 참아줘야겠는데."

이환의 말에 으적거리며 씹던 턱이 멈췄다. 미처 예상치 못한 모양이다.

다 씹지도 않은 고깃덩이를 그대로 꾸울꺽 무리해서 넘긴 걸왕은 입가를 스윽 문지르며 고개를 내밀었다. 그는 이환의 흔들림 없는 두 눈을 직시했다.

“어이해?”

“지금 당신이 가봤자 소림을 진정시키지 못해.”

“……”

결왕의 눈에 의아함이 어렸다. 소림을 진정시키다니……

“모르나? 소림 방장은 반도의 손에 당했다. 심마에 든 반도
는 녹옥불장의 권위를 빌어 소림을 대단한 혼란 속으로 몰고
가고 있지.”

“……”

결왕이 반응을 보이기까지는 제법 시간이 필요했다. 입안
에 남은 고기 찌꺼기를 한동안 우물거리던 결왕은 가만히 고
개를 돌려 용호개와 짝다리를 바라보았다.

그들이라고 별반 다르지 않았다. 멀뚱한 눈으로 결왕과 눈
을 마주했다. 결왕은 눈을 몇 차례 끔뻑였다.

헛바닥으로 털어낸 고깃점을 바닥에 뱉은 결왕은 뚱한 눈
으로 다시 이환을 돌아보았다.

“지금 뭐라고……?”

“……”

이환은 다시 말하지 않았다. 입가에 맺힌 조소가 한층 짙어
졌다. 결왕은 곧 힘없이 한숨을 흘렸다.

“옘병.”

결왕은 들고 있던 개뼈다귀를 바닥에 툭 던지며 욕설을 내

뱉었다.

"뭐 하고 있어, 이 시러배 잡놈들아! 당장 뛰어가지 않고!"

걸왕은 버럭 소리쳤다. 느닷없는 불호령에 용호개와 짝다리는 당황해 벌떡 몸을 일으켰다. 하지만 뭘 어찌해야 하는지 알지 못했다.

걸왕은 더 성질을 내지 않았다. 이제 먹는 것은 아무래도 좋았다.

거지의 본분에는 상당히 위배되는 일이었지만, 제아무리 걸왕이라 할지라도 지금의 일은 으적거리며 들을 만한 것이 아니었다.

소림, 소림.

소림의 이름은 그러했다. 걸왕은 문득 굳은 눈으로 이환을 노려보았다. 벌떡 일어난 그는 이환을 내려다보았다.

이환은 흘깃 눈동자를 치떴을 뿐이다. 사람의 것이 아닌 싸늘한 눈이었다.

아니, 그 눈이 사람의 것이 아닌가? 아니면……

'이놈이 날 사람으로 보고 있는 게 아닌 건가?

문득 떠오르는 생각에 걸왕은 등줄기에서 한줄기 오한이 솟구쳐 올랐다. 이런 잡생각 따위……

걸왕은 짧게 고개를 흔들었다. 그는 낯을 굳혔다. 방정맞기만 하던 그의 낯에 무게가 내려앉았다.

그는 심각하게 물었다.

"확실한가? 어떻게 알게 된 거지?"

뜻밖의 질문. 이환은 한쪽 입꼬리를 끌어올렸다. 차가운 조소에 걸왕의 수북한 눈썹이 솟았다.

그에게 이환은 말했다.

"내가 누구일 것 같은가?"

묻는 목소리에는 조소가 섞였다. 걸왕은 말없이 감정없는 이환의 눈동자를 직시했다.

걸왕은 다른 누구를 생각할 수 없었다.

"…암제."

이환은 걸왕의 마지못한 대꾸에 되물었다. 지그시 바라보는 눈초리에는 검은 빛이 일렁였다.

"그럼 더 설명이 필요하진 않을 텐데."

"……."

이환은 자리를 털고 일어났다. 걸왕은 눈을 들어 저보다 훨씬 큰 이환을 올려다보았다. 앞에 선 이환은 한층 거대해 보였다. 자신이 그림자 안에 있는 것 같다.

그것은 이환과의 덩치 차이 때문이 아니었다. 그가 지닌 무언가가 걸왕을 위축되게 만들었다.

그가 미처 깨닫기 전에 이환은 고개를 돌렸다. 시선을 거둔 그는 가까이 두서없이 흩어져 있는 용호개들을 바라보았다.

그는 피식 싸늘하게 웃었다.

"이후로 개방에서 용호개란 이름을 듣고 싶거든 이들을 물러서게 하는 것이 좋을 거야, 걸왕."

이환은 싸늘하게 말했다. 걸왕은 말없이 손을 흔들었다. 굴복한 것인가. 그 모습에 용호개들은 주춤 물러섰다. 당혹감이 뚜렷했다.

천하의 걸왕이 용호풍운을 물러서게 하다니. 있을 수 없는 일이다 여겼다.

이환은 웃음 한 조각을 남기고 축 처진 용호개들 사이를 걸어 모습을 감췄다. 그의 기척은 처음에 그러했듯 전혀 느껴지지 않았다.

어찌해 암제라 하는가.

걸왕은 굽은 등을 펴며 고개를 돌렸다. 암제, 그 모습은 이미 사라진 지 오래였다. 눈으로 보면서도 기척을 느끼지 못했다.

다른 이도 아닌 십왕의 걸왕이.

"천외천……."

부지불식간에 흘러나온 말이었다. 싸우고자 하는 마음도 들지 않는다. 그가 노쇠했기 때문은 아니었다. 보는 곳이 전혀 다르다는 것을 직감했기 때문이다.

"어찌 말리셨습니까, 방주?"

용호개의 수좌인 용골개가 원망스레 외쳤다. 그러나 걸왕은 대답하지 않았다. 그는 한참 동안 이환이 사라진 방향을 뚫어져라 바라보았다.

"방주!"

오랜 침묵을 참다못한 용호개의 수장인 용골개가 버럭 외쳤다. 걸왕은 흘깃 그를 바라보았다. 형형한 눈빛은 강렬했다.

걸왕은 문득 한숨을 흘렸다. 그는 손에 든 죽봉을 천천히 쓰다듬었다.

"정말이지, 세월이 너무 흘렀어. 흘러도 너무 흘렀지."

뜬금없는 말이었다. 갑작스레 무슨 자조 어린 말을 중얼거린단 말인가. 그래도 방주인지라 차마 '노환 드셨소?' 하고 묻지는 못했지만, 용호개들은 저들끼리 그런 시선을 주고받았다.

그 순간 걸왕의 죽봉이 손에서 한 바퀴 팽그르르 돌았다.

"이 썩을 놈의 거지새끼야! 아무리 세월이 흘러도 나 아직 안 죽었어!"

걸왕은 갑작스레 노성을 터뜨리며 그대로 용골개를 향해 달려들었다.

"으, 으헥! 방주!"

기겁한 용골개는 이 순간 아주 적절한 대응을 했다. 나려타곤(懶驢打滾). 게으른 당나귀마냥 그는 냉큼 몸을 굴렸다.

짱!

용골개가 선 자리에 굉음과 함께 땅이 움푹 파였다. 간신히 화를 모면한 그는 질린 얼굴로 제가 섰던 자리를 바라보았다.

이 순간 나려타곤은 정말 적절한 대응이었다. 그렇지 않았다면 대갈통이 그대로 터져 나갔을 것 아닌가. 하지만 적절했을지는 몰라도 현명한 대응 방법은 아니었다.

"흐, 흐흐흐, 네놈이 지금 피한 거냐?"

걸왕은 죽봉을 내뻗은 자세 그대로 고개만 돌려 용골개를 바라보았다. 향한 시선은 맛이 가 있었다.

용호개들이 다급히 외쳤다. 이러다가 진짜 사람 잡겠다.

"바, 방주, 방주님. 지, 지, 진정하십시오. 아무렴요. 진정하셔야죠."

"흐, 흐흐, 진정?"

걸왕은 눈을 돌려 안절부절못하는 용호개들을 바라보았다. 그는 굽힌 허리를 쭈욱 펴며 검은 밤하늘을 바라보았다.

유달리 별빛이 밝구나.

걸왕은 이내 눈빛을 달리했다. 입가에 맺힌 미소가 푸근하다.

"그래, 이리 흥분해서는 아니 되지. 허허허."

"하, 하하하!"

너털웃음을 흘리는 걸왕의 모습에 용호개들은, 특히 용골 개는 가슴을 쓸어내렸다.

정말 산송장 치를 뻔하지 않았는가. 용골개는 만면 가득 억지 미소를 그리며 엉거주춤 몸을 일으켰다.

"그만 진정하시고……."

그때였다. 걸왕의 너털웃음이 뚝 그쳤다. 손에 죽봉을 고쳐 잡았다.

걸왕은 입가에만 여전히 푸근한 미소를 그린 채 차분히 말했다.

"오냐, 오늘은 어디 밤새 실컷 진정해 보자꾸나!"

"끄, 끄에에엑!"

나려타곤이고 나발이고, 용호개고 견묘개(犬猫丐)고 할 것 없었다. 걸왕의 타구봉법이 별밤 아래에서 그 진체(眞體)를 발휘했다.

멀리서 비명 소리가 아득했다. 하나둘의 소리가 아니었다. 이환은 걸음을 멈추고 고개를 돌렸다. 바람에 흩날린 낙엽 하나가 문득 그에게 스쳤다.

그의 몸에 잠깐의 일렁임이 일었다.

피식 짧은 조소를 머금은 그는 곧 눈을 돌렸다. 그는 자신을 지켜보는 눈을 똑바로 마주했다.

흠칫하여 부들 떠는 그 모습에 이환이 남겨줄 것은 싸늘한 조소뿐이었다.

찰나 이환의 모습은 허상처럼 사라져 버렸다. 오래도록 그가 선 자리에는 기척없이 흩어지는 바람결만 남았다.

높이 자란 수풀들이 제 몸을 뉘어 쓸쓸한 소리만 흘렸다.

부스스 부스스스.

얼마나 시간이 흘렀을까. 부스럭거리는 낯선 소리와 함께 한 인영이 조심히 모습을 드러냈다. 부는 바람은 차가운데 온몸이 식은땀으로 흠뻑 젖어 있었다.

"허억, 허어억……!"

오래 참은 숨소리가 거칠게 튀어나왔다. 얼굴을 가린 복면이 숨 막힌 듯 급히 벗어 던졌다.

서늘한 달빛에 민대머리가 반짝인다.

"크허어억… 쿨럭쿨럭!"

그는 숨을 토하기가 무섭게 바닥에 주저앉았다. 제대로 몸을 가누지 못한 채 괴로움으로 가득한 토악질을 하기 시작했다.

몸에 담은 경악을 억지로 내뱉는 듯했다.

파들 몸을 떨며 겨우 정신을 차린 그는 흔들리는 눈으로 주변을 살폈다. 혹시나 그의 기척이 있는지 두려웠기 때문이다.

다행이라 해야 할지, 불어드는 스산한 바람결에 젖은 몸이 추울 뿐이었다.

제 몸의 떨림이 단순히 그 때문뿐일까.

"도, 돌아가야… 돌아가야……."

힘이 들어가지 않는 오금을 억지로 부여잡고 흐느적거리며 몸을 일으켰다.

그러나 채 몇 걸음을 옮기기도 전에 그는 와락 피를 토하며 앞으로 고꾸라졌다. 눈앞이 아득하게 흔들렸다.

정신을 차릴 수 없었다.

"…시… 심상……."

그는 채 말을 맺지 못했다. 힘을 다한 듯 그대로 고개를 처박았다. 퍽 소리가 크게 울렸다.

누구도 다가오지 않을 듯한 이곳에 얼마 지나지 않아 두런거리는 목소리가 들려왔다.

"뭐야? 무어가 있다는 게냐?"

묻는 목소리에는 짜증이 실려 있었다. 그러자 어눌한 목소리가 이어 답했다.

"아, 여기서 무슨 소, 소리가 들렸다니께요."

더듬거리면서도 고집있는 목소리였다. 이어 부스럭 하는

소리가 울렸다. 곧 수풀이 좌우로 뉘어지며 두 인영이 모습을 드러냈다.

앞선 이는 개방의 짝다리요, 뒤에 선 자는 용호개 중 일인이었다. 용호개는 짝다리 덕분에 걸왕의 죽봉을 피했으니 그도 다행이다 싶었지만, 점점 멀어지는 거리에 슬그머니 짜증이 올라왔다.

달리 거지가 아니었다.

하지만 수풀을 헤치기가 무섭게 드러난 모습에 크게 놀랐다.

"뭐, 뭐야?"

용호개는 쓰러진 민대머리 사내에게 천천히 다가갔다. 엎어진 사내의 얼굴을 본 용호개는 눈을 치떴다.

"아니, 이 사람은……."

그는 얼굴을 찌푸리며 급히 그의 맥을 살폈다. 불규칙할지언정 숨은 붙어 있었다.

"이, 이보시오. 이보시오!"

"……."

힘없는 고개는 축 늘어져 미동도 하지 않았다. 어떤 반응도 없었다. 입안에 고인 선혈이 길게 꼬리 내리며 흘렀다.

"아니, 어떻게 이런……."

당황해하고 있을 새 짝다리는 목덜미를 벅벅 긁으며 고개를 이리 기웃, 저리 기웃했다.

"거참, 요상하네요잉."

"무어가 말이냐?"

한시가 급하다 할 상황에서 저리 기웃하는 짝다리의 모습이 마뜩치 않았는지 묻는 목소리에 날이 서 있었다.

"어째 저런 옷을 입고 계신데요?"

"저런 옷……?"

짝다리의 말에 용호개는 눈을 돌렸다. 그러고 보니 그가 걸친 옷은 온통 시커먼 야행복이었다. 만약 이자가 자신이 짐작하는 사람이라면 결코 입을 리 없는 옷이었다.

짝다리의 말은 틀리지 않았다.

용호개는 눈을 달리 하며 쓰러진 그를 바라보았다. 미약하나마 숨은 붙어 있었다.

놀라 걱정하던 기색은 간데없었다. 차갑게 가라앉은 눈은 어찌해 용호개라 하는지 알 수 있었다.

짝다리는 새삼 달라진 용호개의 서슬에 움찔 놀라 후다닥 요란을 떨며 뒤로 물러섰다. 저 서슬이 너무 차가운 탓이었다.

그는 눈곱으로 가득한 눈을 끔뻑거리며 두 귓등을 벅벅 긁었다.

'왜 저러시남?'

그로서는 지금의 상황을 영 이해할 수가 없었다. 용호개는 멀리 가지 않았다. 대머리사내를 어깨에 걸쳐 메고 급히 움직인 곳에는 걸왕이 있었다.

타오르는 모닥불에 다른 용호개들이 모여 있었다. 어디 한 구석 성한 곳 없는 모습이었지만.

그럼에도 먹기는 참 열심히 먹었다.

실로 거지다운 모습이었다.

분이 덜 풀린 걸왕도 먹는 것 앞에서는 다른 도리가 없었다. 그는 검댕을 두 손 가득 쥔 채 흙바닥에 털썩 주저앉아 있었다. 그는 옆의 용골개의 머리를 툭툭 두들기며 으적거렸다.

"으적, 이놈아, 으적, 뱀 고기는 그래, 이렇게 구우는 게, 으적, 아니라고 몇 번을 말혀."

그리 말할 것이면 먹지를 말 일이지.

걸왕이 한 번 손을 내밀 때면 한가득 쌓여 있던 개고기나 뱀 고기가 눈에 띄게 사라졌다.

아무리 용호개들이 먹고자 노력하지만, 걸왕의 능수능란한 손짓에는 도리가 없었다. 걸왕의 검은 손이 한 번 쓰윽 다가오면 용호개들은 씹던 입을 멈추고 뚫어져라 노려보았다.

제가 찍어놓은 것이 무사하기를 바라는 마음에서였지만 어림도 없는 바람이기도 했다.

“방주!”

그때였다. 모든 거지들이 노리고 있던 실한 개고기를 향해 검은 손이 뻗어가는 순간이었다.

다급한 외침이 높았다.

야행복의 대머리를 어깨에 둘러멘 용호개가 바쁘게 달려왔다. 한참 좋은 순간인데.

걸왕은 잔뜩 찌푸린 눈으로 고개를 들었다.

“…으적으적……”

말없이 씹기만 했다. 용호개는 알아서 입을 열었다.

“가까이에서 발견했습니다.”

그는 바닥에 대머리사내를 던지듯 내려놓았다. 처음의 조심스런 모습은 간데없었다. 풀썩 먼지가 피어올랐다.

먹을 것 앞에서 먼지가 솟았지만 머뭇하는 거지는 아무도 없었다. 그들은 눈은 대머리에 향한 채 두 손과 입은 따로 놀았다.

하지만 대머리의 얼굴이 드러나자 모든 이의 손이 멈췄다. 그들 역시 누구인지 아는 까닭이었다.

“……”

걸왕은 입가를 일그러뜨렸다. 젠장.

그는 입가를 비집고 나온 고기 조각을 밀어 넣으며 벌떡 몸을 일으켰다.

용호개들도 급히 자리를 박차고 일어섰다.

"방주."

"돌아간다."

걸왕은 뒤도 돌아보지 않고 말했다.

더 이상 먹을거리에 눈을 돌리지 않았다. 거지의 본분이고 나발이고 지금은 개방의 본분이 먼저였다. 그렇다고는 하지만 남은 잔해는 무어 더 찾아 먹을 것도 없는 수준이기는 했다.

멀리서 이환은 흥미로운 눈으로 급박한 걸왕의 모습을 바라보았다. 천하를 아우르는 자, 개방주 걸왕의 이름이 아주 허명(虛名)은 아닌 모양이다.

"크."

그는 이를 드러냈다. 하지만 저 하나로 소림을 추궁하기에는, 범계광불을 핍박하기에는 무리가 있을 터.

그렇다면…….

이환은 눈을 돌렸다. 적당한 올가미가 떠올랐다. 아니, 적당하다고 해야 할까.

그는 입꼬리를 끌어올렸다. 그가 보는 곳은 어둠에 잠겨가는 숭산이었다. 생각하기가 무섭게 이환은 바로 움직였다.

그의 행보를 짐작할 수 있는 사람은 천하에 없었다.

아무리 하늘이라 해도.

밤은 깊었다. 짙은 구름 사이로 비추는 흐릿한 달빛은 고요한 산사(山寺)를 비추었다. 그러나 본래라면 불자의 도량으로서 온안해야 할 이곳이 지금은 날 선 경계심으로 가득했다.

흘러가는 구름을 쫓노라면 사찰의 그늘마다 숨죽인 기척들을 확인할 수 있었다.

밤늦은 시간, 날 선 눈빛과 숨죽인 기척이 가득하였다. 이곳은 틀림없이 소림이되 이전의 소림이 아니었다.

제심전.

세월 깊은 편액이 걸려 있었다.

그리 크다 할 수 없는 제심전의 전각에는 금강의 나한들이 눈을 감은 채 자리하고 있었다. 그들은 약사전을 둥글게 감싼 채 미동도 하지 않았다.

어둑한 전각 안은 온갖 약재로 가득했다. 그 한곳에 불빛이 흔들리고 있었다. 밝힌 등잔 아래 비쩍 마른 노승이 눈을 감고 누워 있었다.

가슴의 기복이 불규칙적이었다.

보연이었다.

재세마인의 암습에 큰 내상을 입었다는 그였다. 그를 지키고자 금강나한들이 자리 잡고 있었다.

분명 금강나한이라면 누구도 가까이 할 수 없을 것이다. 하지만 지금 밝힌 불빛에 그림자를 드리운 검은 인영은 그 누구도의 범주에 들 만한 사람이 아니었다.

이환은 고개를 갸웃했다. 간간이 내뱉는 숨은 분명한데 생기는 전혀 와 닿지 않았다.

"호되게 당하기는 했군."

이환은 태연히 중얼거리며 누운 보연의 옆으로 다가섰다. 바깥의 금강나한들은 그저 벽 하나를 두고도 그의 기척을 전혀 느끼지 못하고 있었다.

부르르.

스산한 바람결에 문풍지가 가볍게 떨렸다. 불빛이 흔들리며 보연의 모습에 음영을 드리웠다.

자세히 살필 것도 없었다.

아직 숨을 유지하고 있는 것이 신기할 정도였다. 그의 옆에 사용된 금침들과 온갖 약재가 셀 수 없이 많이 늘어져 있었다.

약사전의 고승들이 혼신을 다해 간신히 숨을 붙들어 매놓은 것이었다. 바라보는 이환의 눈은 그저 무감할 따름이었다.

그는 보연의 낯을 바라보며 짧게 중얼거렸다.

"무궁화, 상태 스캔해 봐."

─대상자, 인식. 스캔 들어갑니다. 스캔 완료. 결과 투영합니다.

"……."

오랜 시간이 필요한 것이 아니었다. 이환은 고개를 들었다. 누운 보연의 위로 창이 파팟 떠오르기 시작했다.

푸른빛을 발하는 창에 사람의 형상이 드러났다.

그것은 분명 보연의 모습이었다. 만신창이와 크게 다르지 않았다. 무엇보다 심각한 상처는 가슴이었다.

보각 범계광불의 광기 서린 금강장이 정확히 가슴을 가격하지 않았던가. 그 무서운 거력은 가슴을 함몰시켰을 뿐만 아니라 전신에 그 여파를 미쳤다.

금강장의 내경이 심맥, 혈맥은 물론 전신의 뼈에 그 영향을 미쳤다. 의학에 밝지 않은 이환이 보기에도 그 차이를 알 수 있을 정도였다.

비록 경각에 달해 있을지언정 이 지경에 처한 자의 명줄을 부여잡았다는 것이 오히려 대단하다 할 것이다.

그러나 이환은 감탄할 생각은 조금도 없었다. 그는 무심한 눈으로 연이어 뜨는 결과창을 살폈다.

띠딕, 띠… 띠딕…….

고르지 못한 소리가 들려왔다.

─현 상태 유지 시 18시간 후 심정지 상태가 올 것으로 예측됩니다.

무궁화의 말에 이환은 눈살을 찌푸렸다. 그는 몇 가지 검사를 더 추가했다.

　허공에 몇 개의 창이 떠오른 채 깜빡였다.

　몇 가지 수치와 함께 사람의 골격이 보다 세밀하게 떠올랐
다. 무궁화는 이어 보연의 현 상태에 대한 설명에 들어갔다.
그 설명을 귀담아듣던 이환은 물었다.

　"…시술 시 생존 가능성은?"

　—5% 미만입니다.

　"5%라……."

　지극히 낮은 확률이었다.

　어쩌면 아무런 조치도 취하지 않는 것이 오히려 보연을 위
한 길일지도 모른다. 하지만 그것은 보연의 입장에 불과했다.

　"곤란하지, 보연."

　이환은 이미 죽은 자의 낯을 하고 있는 보연을 내려다보며
싸늘하게 웃었다. 그는 한 걸음 가까이 다가섰다.

　어두운 제심전의 한곳, 밝힌 불빛에 이환의 그림자가 흔들
렸다.

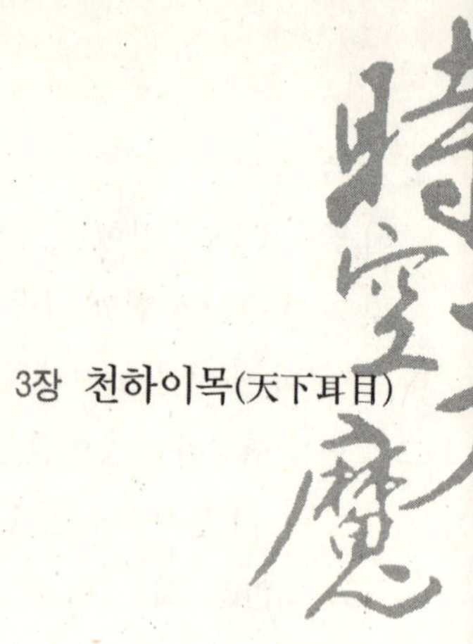

<h2>3장 천하이목(天下耳目)</h2>

천하 각지에 거지가 몇이던가.

무리 지은 거지들에게 어느 날 하나의 밥그릇이 전해졌다. 이 빠지고 금이 쩍쩍 간 것이 전부인 낡은 밥그릇이었다.

그것으로 무얼 어찌하라는 건지 다른 거지들은 알지 못했다. 하지만 분타주나 되는 거지는 총타에서 이 밥그릇 하나 덜렁 들고 온 거지의 모습에 말을 잃었다.

그러하고 매양 똑같은 반응들을 보였다.

"아니, 이 평화로운 때에 무슨 일이 있다고 이걸……"

"방주가 미치지 않고서야……"

하지만 다들 방주의 모습을 떠올리고는 한숨을 탁 토했다. 한결같은 생각이었다. 귀신은 뭐 하나, 저 노망난 영감탱이 안 끌고 가고.

여하튼 구주(九州)의 거지들이 모두 무거운 엉덩이를 억지로 일으켰다.

듬성듬성 이 빠진 밥그릇 하나. 달리 개구반(丐具飯)이라 불리우는 밥그릇으로 개방문도 십만 전부의 소집령이었다.

거지들이 그리 떼로 움직이니 사람들의 이목이 집중되지 않을 리 없었다. 특히 무림의 눈은 예민했다.

개방을 그저 머릿수만 많은 방파라고 생각한다면 그것은 크나큰 오산이었다.

호수가 넓으면 사는 물고기도 많은 법이다. 개방의 강점은 머릿수가 분명하나, 머릿수가 많기에 다른 곳에서 찾을 수 없는 군상들 역시 가장 많았다.

개구반의 명이 떨어진 적도 드물거니와 근래에 들어 개방이 이렇게 나설 이유를 찾을 수 없기에 강호는 술렁였다.

말하기 좋아하는 자들은 오래도록 고요했던 강호에 드디어 풍운이 인다고 했다.

개봉 관제묘가 거지들로 득시글거렸다. 그나마도 가까운

곳에 있는 거지들이었다. 개봉 외곽 지대가 죄 거지 천지였다. 개방도를 일러 흔히 십만이라 하는데 지금 모여든 이들을 따지면 십만은 무슨, 족히 수십만은 헤아릴 듯했다. 그런 거지들이 떼로 모여 있으니 그 자체로 정말 대단한 위협이었다. 강호의 이목이 집중되는 것도 무리는 아니었다.

이건 무슨 황충(蝗蟲) 떼도 아니고, 시커멓게 땅바닥에 들러붙어서는 먹고 떠들고 싸는 모습은 기겁할 지경이었다. 아무리 일반 백성들에게 폐를 끼치지 않는다고 하지만, 지금 거지들은 모여 있는 것 자체가 커다란 민폐였다.

군, 관에서 보는 눈길도 결코 고울 수가 없었다. 그들 입장에서 개방도들의 소집은 민란에 준할 정도의 일이었다. 그러나 섣불리 도발할 수도 없어 그저 지켜볼 뿐이었다.

분명한 것은 계속 이렇게 거지들이 늘어나기만 한다면 뭔가 사단이 벌어져도 단단히 벌어질 것이 틀림없었다.

강호인들은 물론이고 군이며, 관, 민 할 것 없이 죄 두려운 눈으로 개방을 주시하고 있었다.

이렇게 거지들을 죄 불러 모아 개봉 일대를, 천하를 그리 들쑤셔 놓고는 정작 개방에서는 또 저들끼리 툭탁이느라 눈 돌릴 새가 없었다.

지난 세월이 고스란히 먼지가 되어 앉은 관제상 앞에 걸왕은 잔뜩 일그러진 얼굴로 앉아 있었다.

그 앞에는 구개장로들과 각 분타주들이 모여 있었다. 분타주만 해도 그 수가 제법이라 넓디넓은 신단 아래가 가득했다. 게다가 하나같이 제대로 앉아 있는 놈이 없었다.

여기서 무어라 떠들고 저기서 불만이 터져 나왔다.

하나같이 급한 개구반의 명을 탓했다. 아무런 준비도 없이 무턱대고 불러대면 어쩌라는 건가.

개구반을 돌린 지 고작 이삼 일. 그사이에 이렇게까지 모인 것도 대단하다 하겠지만, 아직도 개구반의 명은 다 돌지 못했고, 모일 놈들도 아직 수두룩했다.

그럼에도 개봉 일대가 이 지경이다.

아랫것들은 발 아프다, 배고프다 하지, 위에 것들은 난 모르쇠하지, 중간에서 분타주들은 아주 똥줄이 탔다.

그들 분타주들로서는 불평불만이 안 나오려야 안 나올 수가 없었다. 게다가 계속해서 각 분타의 거지들이 밀려들어 오니 이건 개방 수뇌가 모인 자리가 아니라 시장통이 따로 없었다.

사실 따지고 보면 장로들이며 분타주들의 한마디 한마디는 실로 지당했다. 그들이 말하는 것은 지금 개방이 처한 어려움이었다. 하지만 걸왕은 그 지당함이 고까웠다.

걸왕은 한쪽 눈썹을 가만히 치켜뜬 채 너나 할 것 없이 떠들어대는 거지들의 모습을 뚫어져라 바라보았다. 그래, 어디까지 하나 보자 하는 딱 그 모양새였다.

"방주! 명분도 없이 도대체 어찌하겠다는 말씀이오!"

"방주! 현실을 직시하시고 그만 명을 물리시오!"

"방주!"

"방주!"

다들 방주를 찾으며 목청을 높였다. 울상 진 얼굴들이 참으로 가관이었다.

명분, 현실.

에이! 듣자듣자 하니까 이것들이!

"그따위가 다 무슨 소용이야, 그냥 가서 처발라 버리면 될 것을!"

걸왕이 성질을 버럭 드러내며 외쳤다. 그는 죽봉으로 땅바닥을 크게 내려쳤다.

꽝꽝 소리가 크게도 울렸다. 그 서슬에 놀라 사람들이 입을 꾹 다물었다.

다 늙어 무슨 기력 자랑이라도 하겠다는 건지 걸왕은 계속해서 바닥을 후려쳤다.

꽝! 꽝!

오랜 세월 먼지 앉은 관제묘 기둥뿌리가 부들거리며 흔들렸다. 말만 앞서는 뭇 장로들이나 지금 코앞만 보는 분타주들의 모양새가 마뜩치 않은 것이다.

걸왕은 씨근덕거리며 험상궂은 눈은 주변을 스윽 둘러보았다. 분타주들은 그 기세에 눌려 잔뜩 움츠러들었다. 그러나 과연 장로들.

"……."

"……."

바락바락 성을 내는 걸왕을 장로들은 뚱한 얼굴로 바라보았다.

장로들은 그저 면면을 잔뜩 찌푸린 채 걸왕을 빤히 바라보았다.

"닝기리! 왜 그딴 눈꼬리는 하고 지랄이야, 지랄이! 내가 무슨 틀린 말 했냐! 앙!"

걸왕은 지지 않고 버럭 외쳤다. 그러자 장로들은 고개를 흔들며 한숨을 아주 길고 깊게 흘렸다.

"하아아!"

"이, 이것들 봐라?"

장로들은 오히려 기죽지 않고 마주 목청을 높였다.

"아, 그러니까 그냥 처발라 버릴 상대가 아니라는 거 아뇨, 지금!"

"이익!"

아무리 그가 걸왕이고 개방의 방주라 하지만 사람이 모인 곳에 절차는 있기 마련이다.

게다가 상대가 누구라 했던고.

천년 소림.

소림이 아닌가 말이다.

두려운 일이었다. 소림과 개방. 누가 먼저고 누가 뒤라 할 수 없는 둘은 강호 무림의 근간이라 감히 말할 수 있을 정도였다.

분통에 걸왕은 연신 씨근덕거렸다. 그때 한 장로가 넌지시 물었다.

"방주, 대체 그 정보의 출처가 어디요?"

"어디긴! 암제란 어린 새끼라잖아!"

암제. 참 멋들어진 이름이다. 저 걸왕은 제 위에 있다는 일제의 이름을 아무런 거리낌 없이 내뱉는다.

참 욕심 없어 좋겠수.

저놈의 무욕은 좀 먹을 때나 발휘할 일이지.

"하아, 그렇지 않아도 구, 아니, 칠왕 위에 일제 있다고 파다한 지금 그 어디에 뭐시깽인지도 모르는 암제 말만 듣고 칼을 뽑겠다 이거요?"

장로들의 수장인 구안장로가 한숨과 함께 말했다. 그러자 다른 장로들은 '오오' 하며 방정맞은 감탄과 함께 그를 바라보았다.

‘역시 태상장로.’

‘말발 고냥 쥑이네.’

구안장로는 응원하는 그 눈들에게 답하듯 가볍게 웃었다.

“허허, 여하튼 사실 여부를 먼저 확인하고 나서도 늦지 않을 거요.”

“…….”

걸왕은 가만히 눈빛을 가라앉혔다. 이제까지 난리에 난리를 치던 이가 침묵하니 뭔가 압박감이 더했다.

“방주?”

오래토록 침묵하니 의아하지 않을 수 없었다. 태상장로는 조심스럽게 불렀다. 그러자 걸왕이 눈을 돌렸다 .

희번덕거리는 눈빛이 곱지 못하다. 그 모양에 태상장로는 속으로 혀를 찼다.

‘아, 젠장.’

과연 그의 생각대로였다. 눈을 돌린 걸왕은 대뜸 한마디를 내뱉었다.

“지랄.”

그는 손에 든 죽봉에 힘을 주며 벌떡 자리에서 일어났다.

쿵!

둔중한 울림이 발밑에서 일었다.

태상장로를 비롯한 장로들의 얼굴이 딱딱하게 굳었다. 걸왕은 빙그르르 죽봉을 손에서 굴렸다.

"아주 지랄들을 해요, 지랄들을. 뭐가 어쩌고 어째? 사실 여부? 그래, 그놈의 사실 여부 따지다가 개방 거덜 난 적이 어디 한두 번이었냐?"

"……."

그리 까마득한 때도 아니었다. 지금이야 맥이 끊겼다지만 한때 혹세무민하여 전 중원을 피의 겁화로 몰고 간 마도지란(魔道至亂)이 그러했다.

그놈의 절차를, 강호의 중의를 따지다가 이곳 관제묘가 방도들의 피로 붉어지지 않았던가.

지금도 앉은 먼지, 내린 거미줄을 거두어보면 그때의 흔적이 바랜 채 자리하고 있었다. 걸왕은 잠시 눈을 돌렸다. 장로들의 눈길도 그를 따라 돌아갔다.

어둑한 벽과 벽, 켜켜이 쌓인 거미줄과 거미줄. 나이 까마득한 걸왕이나 구안장로와 같은 이들은 그 너머의 또렷한 선혈을 아직 또렷이 기억하고 있었다.

걸왕은 어두운 얼굴로 고개를 가로저었다.

"정황이 분명하지 않느냐."

흥분을 가라앉히고 진중하게 말을 이어갔다. 그 무게에 구안장로는 물론 묘안의 모든 이들이 입을 닫아걸었다.

"숨은 사연이야 어떻든 십팔나한인지 시발나발인지 나왔다가 빈손으로 돌아간 건 분명하지 않느냐. 소림 방장 보연이 암습을 당했단다. 방장 대리입네 하는 놈은 어디서 듣도 보도 못한 탕마전주란다."

침묵한 거지들 머리 위로 울리던 목소리가 잠시 멈췄다. 진중함으로 무거운 얼굴에 경련이 부르르 일었다.

"에이, 시팔! 그 새끼가 범계광불이라잖아! 근데 뭔 놈의 증거가 더 필요하냐고, 이 대갈빡에 똥만 찬 것들아!"

어째 무게 잡는가 했다. 걸왕은 결국 버럭 욕을 하며 고래고래 소리쳤다.

파르륵 몰아치는 기세에 장로들은 움찔하여 물러섰다. 생각지 못할 정도로 거센 분노요, 기세였다.

"그리고 내가 미쳤다고 아무것도 없이 개구반을 돌리겠냐, 이 망할 것들아!"

"……."

다들 똑같은 대답을 떠올렸지만, 분위기상 누구도 입을 열지 않았다. 장로들은 슬그머니 시선을 돌렸다.

걸왕은 바깥을 향해 버럭 소리쳤다.

"용골아! 그놈 끌고 와!"

그놈이라니?

장로들의 얼굴에 의아함이 떠올랐다. 무엇이 있단 말인가.

그들은 빠끔히 고개를 내밀고 바깥을 바라보았다. 다급한 발소리가 멀리서 울렸다.

"들어갑니다!"

용골개를 비롯한 용호개들이었다. 그들은 힘없이 축 늘어진 누군가의 사지를 들고 안으로 들어섰다. 문 앞까지 가득 메운 분타주들이 웅성거리며 좌우로 갈라졌다.

용호개는 그를 거지들 복판에 억지로 꿇어앉혔다. 민대머리가 환히 드러났다.

"저놈이 누군지 아는 사람?"

걸왕이 툭 던지듯 물었다. 대머리사내의 모습을 본 거지들의 얼굴이 기괴하게 일그러졌다. 특히 하남의 거지들이 그러했다.

"저, 저자는… 소림의……?"

"아니, 왜 저런 모습으로……?"

숨 죽였던 거지들이 당혹감에 웅성거리기 시작했다. 걸왕은 용호개들에게 턱짓했다.

깨우라는 뜻이다. 용골개는 어두운 얼굴로 고개를 끄덕였다. 이것은 문제가 될 수도 있는 일이었다.

그는 능숙한 손길로 대머리사내의 몇 개 대혈을 거세게 짚어 해혈(解穴)했다.

파곽!

“끄윽!”

해혈되기가 무섭게 그는 길게 신음하며 신형을 뒤틀었다. 좌우 용호개들이 억센 손으로 그의 어깨를 내리눌렀다. 으득하는 소리가 울렸다.

그는 푹 고개를 떨어뜨리고는 헉헉 거친 숨을 몰아쉬었다.

“그래 정신이 좀 드셨나?”

“거, 걸왕 선배…….”

“당당한 소림의 무승께서 어찌 그리 계시누?”

“…….”

입이 열이라 할지라도 할 말이 없었다. 그의 안색은 아주 흙빛이 되어버렸다.

“이놈! 당장 고하지 못할까! 대체 소림에서 무슨 작당을 하고 있는 게야!”

걸왕은 버럭 소리쳤다.

“비, 빈승은 드릴 말씀이 없습니다. 그저… 그저…….”

소림승은 더 말을 잇지 못했다. 이건 더 핍박할 수 없겠다. 장로들은 물론이거니와 분타주들은 엉거주춤 몸을 일으켜 소림승의 모습을 바라보았다.

그는 눈을 감고 귀를 닫은 채 묵묵부답으로 일관했다. 몇 가지를 물으려던 걸왕은 짧게 혀를 찼다. 그는 장로들을 돌아보았다.

그러자 장로들은 걸왕의 눈을 마주하며 고개를 가로저었다. 개방주의 행사를 염탐한 소림 무승이라니 분명 뭔가가 있는 것이 틀림없다. 하지만……

"아직 부족하외다, 방주."

"옘병! 부족하든 말든 일단 닥치고 좀 가보자고! 소림으로 가자고!"

개봉 관제묘에 걸왕의 노성이 재차 쩌렁쩌렁 크게 울려 퍼졌다. 사자후가 이럴까.

그 서슬에 대들보에 뽀얗다 못해 하얗게 쌓였던 먼지가 놀라 부스스 떨어졌다.

먼지를 고스란히 뒤집어쓴 장로들은 그다지 놀랄 것 없는 얼굴로 심드렁했다. 툭툭 먼지를 털어낸 그들은 흘깃 뒤에 늘어선 분타주들을 바라보았다.

크고 작은 분타, 늙고 젊은 분타 가릴 것 없이 죄다 멍한 얼굴들로 입을 쩍 벌리고 있었다. 소림으로 가자니 저것이 어디 쉽게 나올 수 있는 말인가.

"……"

"……"

그들은 주저하다 결국 눈을 돌렸다. 그런 어려워하는 기색에 장로들은 코웃음쳤다.

무엇 때문에 저리들 놀랄꼬? 방주가 저 모양인 게 어디 하루 이틀 일이던가.

여하튼 들입다 나이만 먹어가지고 저놈의 성질이나 좀 죽일 것이지.

장로들은 연신 구시렁거릴 뿐이었다. 누구 하나 나서는 이가 없었다. 태상장로랍시고 한마디 했던 구안장로도 연신 딴청이었다.

장로들의 도움이 없으면 개구반으로 모인 개방도들을 어찌할 수는 없었다.

일단 지르고 보자 싶어 개구반을 돌려 모이게는 했지만, 이들에게 명을 내리고 관리하기 위해서는 장로들이 있어야 했다.

그가 아무리 걸왕이지만 제 몸을 여럿으로 나눌 수 있는 손대성은 아니지 않은가. 본래라면 개구반을 돌리는 것 또한 장로들의 동의가 필요한 것이긴 했지만.

'젠장맞을.'

한참을 소리를 질러대던 걸왕은 결국 씩씩거리며 번뜩이는 눈으로 장로들을 노려봤다.

'이놈들이 지금 대가리가 컸다고 뻗대는 겨 뭐여?'

까라면 깔 일이지. 망할 것들. 죄 늙어서 호협심마저 죽은 게냐!

아니, 따지고 보자면 마구잡이로 우겨대는 걸왕 제 잘못일 테지만, 그런 것까지 생각한다면 그가 어디 걸왕이겠는가.

결국 화가 폭발한 걸왕은 말없이 고개를 숙인 채 주저앉아 있는 소림승을 가리키며 언성을 높였다.

"좋아! 증거를 가져오면 될 거 아냐, 증거! 저런 몹쓸 놈 말고 제대로 된 증거!"

"오오!"

그 모습에 장로들은 탄성을 흘렸다. 저 노망난 방주가 웬일 이래, 이렇게 뜻을 다 꺾고?

하지만 그들은 큰 기대를 하지 않았다. 저러다가도 또 언제 다시 들이댈지 모르는 것이 그들의 방주였다.

장로들의 누렇고 성근 이 사이로 한숨이 무거웠다.

정말이지, 오래 묵지만 않았어도 어찌해 보기나… 아니다.

그는 곧 제 생각을 부정하며 고개를 흔들었다. 이거 귀찮아 서라도 누가 나서겠는가.

당장 저 자신도 귀찮은 판국인데. 그래도 말릴 일은 말려야 했으니……. 구개장로들은 일시에 맥없는 한숨을 탁 흘렸다.

"에효효."

길길이 날뛰는 걸왕을 어찌 만류는 한 듯한데 어째 불안하기는 더 불안했다.

구안장로는 삐죽한 수염 자락을 비비 꼬며 눈살을 찌푸렸다.

'이거이 또 어찌할꼬.'

그러나 고민은 잠시에 불과했다. 그는 곧 피식 웃어버렸다. 뭘 또 어째. 이 정도면 할 만큼 한 게지.

아니 그런가.

나머지는 하늘이 알아서 할 일이다. 그는 슬그머니 자리에 주저앉아 버렸다.

걸왕은 자리를 박차고 나섰다. 걸왕을 당황한 눈으로 보는 뭇 거지들의 눈동자는 무려 수천에 달했다.

그들 앞에서까지 차마 성난 모습을 보일 수 없어 그는 버럭 외쳤다.

"아, 뭘 봐, 이것들아!"

험상궂은 그 한마디에 익히 명성을 아는 거지들은 냉큼 고개를 숙였다.

걸왕의 명성이야 수많지만 당장 개방 거지들에게 와 닿는 것이야 그 지랄 같은 성격에 관한 것이 아니겠는가.

모든 이가 반사적으로 고개를 처박는데 단 하나만이 꼿꼿이 고개를 치켜든 채 서 있었다. 씩씩거리던 걸왕이 그 하나의 모습에 고개를 비틀었다.

뜻밖인 것이다.

멀뚱히 바라보던 걸왕은 곧 뚱한 얼굴로 물었다.

"네가 여기엔 왜 있어?"

"……."

그러자 그 하나는 슬그머니 미소 지었다. 그 미소는 참 맑았다. 그 맑음에 속이 편치 않아 걸왕은 혀를 차며 냉큼 고개를 돌려 버렸다.

'에잉, 썩을 놈.'

차마 입 밖으로 꺼낼 수는 없었다. 지금 강호에서 걸왕이 유일하게 어려워하는 인물이 딱 하나 있었다.

권왕.

지금 거지들 사이에서 허름한 도복이나마 단정하게 갖춰 입은 장년인이 바로 무당의 권왕이었다.

그를 모르는 어리고 젊은 거지들은 눈만 데굴거리며 두 사람을 번갈아 볼 뿐이었다. 그들 눈에 비친 권왕은 그저 바랜 도포를 걸친 허름한 도사에 지나지 않았다.

'망할 놈, 또 경지가 올랐구먼.'

걸왕은 떨떠름한 얼굴로 다가선 권왕을 바라보았다.

권왕은 넌지시 입을 열었다.

"한손 거들고자 왔을 뿐이오."

"엥? 네가? 뭐 하는 줄이나 알고 온 겨?"

"하하하!"

권왕의 말이 반가울 법도 하건만 걸왕은 도리어 낯을 잔뜩 구기며 되물었다. 그러자 권왕은 크게 웃었다.

걸왕은 한숨을 흘리며 고개를 가로저었다. 이놈 또 생각없이 뛰쳐나왔구먼, 생각없이.

젊었을 적에는 허구한 날 저 난리를 치더니 나이 먹어서 좀 얌전해졌나 싶었건만 그도 아닌 듯했다.

"아무렴 어떻소. 설마하니 천하의 걸왕 선배가 시시한 짓거리는 하지 않을 텐데."

"이놈아! 시시한 짓이라니!"

"하하하!"

참으로 무책임한 모습이었다. 게다가 말을 해도 그게 뭔가. 시시한 짓이라니? 걸왕은 울컥하여 외쳤다. 그렇지만 권왕은 개의치 않고 재차 너털웃음을 터뜨렸다. 걸왕은 성근 이를 뽀득 갈아붙이며 웃는 얼굴을 노려보았다.

에잉.

결국 걸왕은 웅얼거리며 제가 먼저 고개를 돌렸다. 생각하면 나만 머리 아프지 말해 무어할꼬.

불현듯 걸왕은 낯익은 느낌에 고개를 갸웃했다. 아주 최근에 이와 비슷한 경우가 있었던 것 같은데……

답은 바로 나왔다. 암제 이 망할 어린놈. 그놈이나 이놈이
나 제 성질이 통하지 않는 막돼먹은 놈들이란 점은 똑같았
다.

"에잉, 비라먹을! 캬악, 퉤이!"

괜히 떠올렸다. 걸왕은 짜증스레 누런 가래를 냉큼 뱉어버
렸다.

호오, 권왕이라…….

명실상부한 천하제일인이라 평가받는 자가 아니던가. 그
런 자가 걸왕을 찾아 개방에 모습을 드러냈다.

강호 무림이 발칵 뒤집어질 만한 일이었다. 아울러 무당이
나서주었으면 좋겠지만 지금까지 무궁화가 수집한 정보를 바
탕으로 보자면 그럴 일은 없을 것이다.

하긴, 권왕이 나선 것만으로 충분하겠지.

"크, 크큭……."

이환은 숨죽여 웃었다.

자, 이제 어찌 나올 테냐, 범계광불. 네놈이 그토록 외치던
정법이 어떤 것인지 보여보아라.

"못난 광승이여."

이환은 비릿한 조소를 머금었다.

*　　　*　　　*

보각은 나직이 웃었다. 이를 드러낸 채 좌우로 찢어진 입술은 귀에 닿을 듯했다. 이미 사람의 형상이 아니었다.

그는 타들어가는 향불을 가만히 노려보았다. 그가 차지하고 앉은 방장실은 향 냄새와 더불어 담담한 연화 향이 뒤섞여 가득 차올랐다.

잔뜩 웅크린 노승의 메마른 몸 주위로 가득한 것은 온갖 향이었다. 하얗게 피어오르는 향연이 넓지 않은 이 방을 가득 메웠다.

한 치 앞을 보기 힘들 지경이었다.

그러나 보각은 조금도 개의치 않았다. 그는 타들어가는 향을 무섭게 노려볼 뿐이었다. 연화 향 뒤에 숨은 약간의 악취를 감추기 위함이었다.

잔수이지만 그 정도로 충분했다.

보각은 사이한 눈을 번뜩일 따름이었다. 그는 스스로 심마지경에 빠져 있음을 알았다. 떨쳤다 여긴 번뇌마가 다시 뇌정에 자리 잡은 것이다. 그러나 상관없었다.

정법을, 탕마를 위해서라면 이 몸이 어찌 되든 상관없었다.

"크, 크흐흐……."

그는 게걸스런 웃음을 흘렸다. 탐욕에 젖은 눈빛이 향불 너머에서 번뜩였다.

그의 탐욕이 커질수록 연화 향 뒤에 숨은 악취도 세기를 더해가리.

*　　　*　　　*

걸왕은 잔뜩 낯을 찌푸렸다. 그는 불쾌한 심사를 노골적으로 드러냈다. 그토록 날 선 눈초리가 끊임없이 노려보고 있으면 좀 불편해하는 기색이라도 보여야 할 것을.

권왕은 그저 싱글거리는 얼굴로 걸왕을 마주 보고 있었다. 복장이 터질 노릇이었다. 장장 두어 시진이었다. 결국 걸왕은 기나긴 한숨을 내뱉으며 고개를 떨어뜨렸다.

정말이지…….

"어째 그러오?"

긴 한숨이 걱정인지 권왕은 가만히 물었다. 참으로 차분한 모습이었다. 하지만 그것이 또 걸왕의 성질을 돋웠다.

"에이, 진짜 이 망할 놈의 말코야! 왜! 도대체 왜!"

"……?"

급기야 걸왕은 그 자리에서 방방 뛰며 버럭버럭 소리치기 시작했다. 권왕은 영문을 알 수 없기에 그저 눈만 동그랗게 떴다.

"도대체 왜 나만 귀찮게 하냔 말이다! 도대체 왜에에!"

"아니, 귀찮게 하기는 누가 말씀이오?"

"누, 누구긴 누구야, 네놈이지! 이 망할 도사 놈아!"

걸왕은 바락 소리쳤다. 그는 거친 숨을 몰아쉬며 당장에라도 울 듯 잔뜩 인상을 찌푸렸다. 안쓰런 모습이었다. 그렇지 않아도 팍 삭은 얼굴에 주름을 더 잡으니.

권왕은 싱글 웃으며 말했다.

"거참, 웃고 삽시다. 짧은 인생인데 그리 얼굴 찌푸릴 것 무어 있소이까?"

"크으… 그어어어!"

태연스런 목소리에 걸왕은 어찌할 바를 몰랐다. 움찔거리던 그는 결국 뒷목을 부여잡고 통한의 외침을 길게 토했다.

땅이 들썩거리고 가까이 관제묘 담벼락이 흔들릴 정도였다.

"호오, 이것이 바로 개방의 사자후(獅子吼)라는 만걸가(萬乞歌)요? 과연, 과연 빈도가 오늘 개안합니다."

"어억……!"

권왕은 감탄의 미소를 입가에 그득히 머금으며 두 손을 모았다. 그 모양새에 걸왕은 외침을 멈췄다.

여전히 싱글거리는 얼굴.

걸왕은 차라리 울었으면 했다. 뭐 이런 놈이…… 물밀듯이 밀려오던 울화가 갑자스레 힘을 잃었다.

'그래, 화도 화풀이할 놈한테나 내야지 이놈 앞에서 뭔 지랄을 해봤자 저놈 눈에는 재롱으로밖에 안 보이지.'

어째 그것을 잊었을꼬. 걸왕은 축 어깨를 늘어뜨리고 툭 고개를 떨어뜨렸다. 평소보다 힘없는 모습은 시체나 다름없었다.

그는 창백한 몰골로 손을 흔들었다. 깡마른 손마디가 유독 두드러졌다.

"아니다. 네놈 마아아아음대로 해라, 맘대로 해."

설렁설렁 손을 흔들며 걸왕은 비척비척 걸음을 옮겼다. 그러자 권왕은 싱글 웃으며 답했다.

"하하, 거지 선배도 참."

"……"

걸왕은 흘깃 권왕의 모습을 바라보았다. 권왕은 슬그머니 눈꼬리를 늘어뜨리며 웃어 보였다. 제 나이를 생각하면 참 끔찍한 일이지만 해맑기도 했다.

'…저놈 무위가 일 촌, 아니, 일 푼만 낮았어도 어떻게 해볼 텐데……'

하지만 헛된 생각이었다. 그는 곧 허리를 부여잡은 채 앓는 소리를 흘리며 질질 발을 끌었다.

"아고고고."

이환의 무감한 눈이 슬며시 찌푸려졌다. 그는 싱글 웃는 권왕과 울 듯 찌푸려진 걸왕의 얼굴을 동시에 바라보았다.

"권왕이라……."

천하제일을 논할 때 결코 빠지지 않는 이름이었다. 중키에 평범한 외모, 유독 맑은 눈을 제외하고는 그 나이의 그 모습이었다. 비록 화면상으로 보는 것이었지만 보는 이환의 눈동자는 사뭇 긴장이 흘렀다.

평범하게 서 있는 모습, 웃으며 슬며시 그러쥔 두 손은 언제든지 파천황의 기세를 뿜아낼 듯했다. 이환의 눈에는 그러했다.

그는 천마섬환을 떠올렸다. 지금의 경지는 극쾌, 분섬을 넘어섰다. 과연 어디까지 효용을 미칠지.

상대할 수 있는 자는 아무도 없을 것이다. 이환은 그리 자부했지만 눈앞에 선 권왕의 모습에서는 자신이 없었다. 어찌 권왕의 이름만이 달리 칭하는지 알 만했다. 그가 마주한 여타의 고수들과는 그 차원을 달리하는 자였다.

걸왕이 저리 이를 빠득 갈다가 제풀에 지치는 것도 어찌 보면 무리는 아니었다.

이환은 싸늘하게 웃었다.

권왕이라…….

풍진천하(風塵天下) 권정무적(拳精無敵).

세인들은 무당의 산자락에 자리한 권왕을 일컬으며 그리
말했다.

권왕은 무릇 십왕 중에서도 가장 오롯한 존재였다.

무당에 있기에 권왕이 아니었다. 그는 무당이 아닌 다른 어
디에 있어도 능히 강호에 우뚝 섰으리라.

이환은 무궁화가 수집한 무림 인사들에 대한 자료를 보고
있었다. 무림의 인사가 하나둘이 아니라 하나, 천하에 이름을
떨친 자치고 이곳에 오르지 않은 이름은 없었다.

그러나 가장 조사된 바가 적은 것이 권왕이었다. 그는 움직
이지 않았으니 수집할 수 있는 것은 강호의 풍문이 고작이었
다.

칠왕 개개인에 달라붙은 스파이 위성들 중 가장 한가한 것
이 권왕을 주시하는 위성이었다.

권왕은 움직이지 않았다. 그는 특별히 수련을 하는 것도,
후학을 가르치는 것도 없었다.

말 그대로 놀고먹었다.

무당의 권왕이라 하지만, 무당 안에서 권왕은 그저 자리만

보전하는 백수에 지나지 않았다.

일찍 일어나 운공하고, 책을 읽고, 밥 먹고 책 읽고, 그러다 해가 지면 다시 운공하고.

그 생활의 반복이었다. 어찌 그가 권왕이라 불리는지 무궁화는 답을 내지 못했다.

그러나 이환은 다른 점에 집중했다. 일 분 일 초가 다르지 않았다. 권왕의 하루에는 미세한 시간의 차이도 없이 모든 것이 일정했다.

그는 일 분 일 초의 오차없이 항상 같은 시간에 눈을 떴고, 항상 같은 시간에 움직였다.

원자시계에 버금갈 정확함이었다.

"……."

뜻하는 바가 무언가.

지난 시간 동안 녹화된 권왕의 일거수일투족을 바라보며 이환은 생각에 잠겼다.

그는 다시 고개를 돌렸다. 개봉 개방 총단에서도 권왕은 다르지 않았다. 마찬가지로 같은 시간에 눈을 뜨고 같은 시간 눈을 감았다.

걸왕은 조사를 하겠다며 펄펄 뛰어다니건만 권왕은 무당에서의 모습 그대로였다.

이환은 묵묵히 그 모습을 살폈다. 권왕이 개방을 찾은 지

이제 겨우 한나절이었다.

그는 바랜 도포 자락 그대로였다. 개방도와 마찬가지로 거적때기 하나 빌려와 그 자리에서 벗어나지 않았다.

눈을 감고 뜨기를 매양 그 자리였다.

묵묵히 바라보던 이환은 문득 중얼거렸다.

"그래서 권왕이라 하는 건가? 두려운 일이로군."

무언가를 깨달은 듯 그는 눈살을 찌푸렸다.

이환은 눈을 감았다. 천마섬환만으로는 어렵겠다. 그래, 천마섬환만으로는.

"쳇."

그는 싸늘하게 혀를 찼다.

이환은 눈을 감았다. 천하제일 따위를 논하고자 함은 아니었지만 권왕을 보자니 새삼 달아오르는 심정을 느낄 수 있었다.

하지만 감당 못할 정도의 상대는 아니었다. 이환은 냉정한 눈으로 다시 화면을 바라보았다.

증거를 찾겠다고 설치는 걸왕의 모습이 눈에 들어왔다. 그 모습을 빤히 바라보던 이환은 문득 무궁화에게 물었다.

"무궁화, 그건 준비됐나?"

―예, 이환님.

이환은 고개를 끄떡였다. 준비가 되었다면…….

"선물을 해야겠지."

그는 짤막하게 중얼거렸다. 그는 지체없이 걸음을 옮겼다.

이환의 빈자리, 모니터의 흐릿한 빛이 그 자리를 비추었다. 한쪽의 작은 화면에서 작은 소리와 함께 그래프가 움직이고 있었다.

띠딕, 띠딕, 띠이… 띠이… 띠딕…….

소리는 규칙적이지 못했다. 소리와 함께 화면상의 그래프도 위아래로 움직였다. 그것은 누군가의 바이탈 사인이었다.

띠딕, 띠딕, 띠이… 띠이… 띠딕…….

문득, 소리가 점차 빨라지며 힘을 찾아가기 시작했다. 동시에 화면의 그래프 역시 규칙적인 파동을 그려갔다.

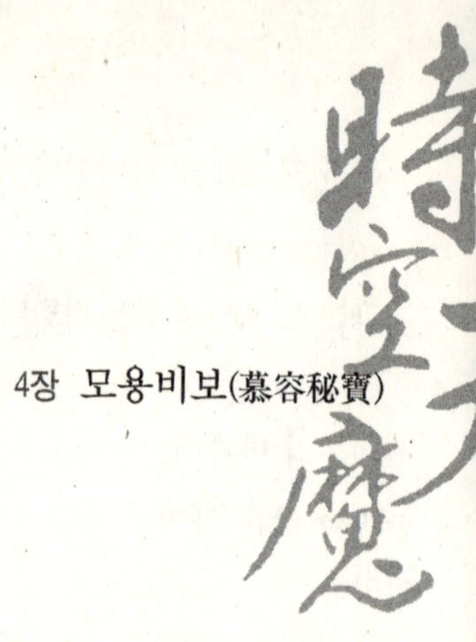

4장 모용비보(慕容秘寶)

무릇 비보(秘寶)라 함은…….

모용세가의 이름은 광동 일대를 위진(威震)하나, 넓고 넓은 중원 천하에서 보자면 아직도 미미하기 그지없었다.

모용의 제자들은 그것이 아쉬울 따름이었다.

모용을 이끄는 자들의 면면을 보자면 천하에 내놓아도 누구하나 손색없는 고수들임에 이리 웅크리고 있는 것이 마뜩치 않은 것이다.

그러나 가주는 제자들의 치기를 헤아려 줄 마음은 없는 듯했다. 다른 이들도 마찬가지였다.

그들은 홀린 듯 무공 수련에 열을 올렸다.

수련, 수련, 그리고 폐관의 연속이었다. 제자들을 가르치는 데에 공을 들이는 것은 여전하지만, 유독 가주의 얼굴은 보기 힘들었다.

뚜렷한 이유도 없이 수장이란 자의 모습이 뜸해지면 말이 퍼지는 것은 세상의 이치였다.

"아니, 무슨 일인데 가주께서 그리 계시나그래?"

"듣기로는 무슨 비보(秘寶)를 얻으셨다더만……."

"진짠가?"

"아니면 가주가 이리 오래 자리를 비우시겠나?"

"그도 그랴."

웅성거리는 입들이 소문을 만들었다. 그 소문에 모용가의 사람들이 나서서 입단속을 했지만, 세상 어디에나 귀가 있고 입이 있었다. 하물며 요즘같이 강호에 말할 거리가 많을 때야 더할 나위 없었다.

오히려 모용가의 대처에 더욱 미심쩍은 눈길을 덧붙일 뿐이었다. 켕기는 것이 있으니 저리 단속하는 것이 아니겠는가. 아니, 본래라면 없는 비보라 할지라도 있었으면 하는 것이 사람들의 마음일 터다.

"어떻게 생각하나?"

눈을 반짝이며 물었다. 뜬금없는 말이었지만, 굳이 자세한 설명을 할 필요는 없었다. 같이 어울린 것이 벌써 몇 해던가.

그들은 다른 것은 몰라도 욕심에 있어서만큼은 정말 이심전심(以心傳心)이 가능했다.

태평, 안과, 그리고 고복.

검댕 칠을 한 채 세 사람은 눈을 뒤룩거렸다. 이거 어쩌면 절호의 기회일 수도 있지 않겠냐?

그들은 서로 눈으로 말했다.

이곳 모용에서 그들의 처지는 말 그대로 종복이나 다름없었다. 지금만 해도.

"똑바로 좀 쓸어라."

"예이!"

지나가던 치천세의 한마디에 셋은 허리가 부러져라 고개를 숙이고는 열심히 빗질에 열중했다.

치천세는 끌끌 혀를 찼다. 그의 입장에서 저 세 놈은 정말 골치 아픈 놈들이었다. 죽이자니 과하고 놓아주자니 불안하다. 왜 하필이면 제 눈에 걸려서.

"에효, 저놈들이 내 속을 알기나 하겠냐."

그는 한탄하며 발길을 돌렸다. 치천세의 기척이 멀어지자 열심히 빗질을 하던 셋의 손이 딱 멈췄다. 그들은 불만으로 가득한 눈으로 고개를 돌렸다.

속을 알기는.

핍박받는 처지는 자신들 아닌가. 고복을 빼고 모두 입이 댓 발은 튀어나왔다. 하지만 그 불만을 구시렁거릴 만한 간담은 없는 처지라 그저 사라진 방향을 바라보며 입술로만 구시렁 거릴 따름이다.

"젠장, 젠장."

"스버럴."

"아, 새끼들, 더럽게 시끄럽네. 그렇게 불만이면 사내답게 찾아가서 맞짱 뜨던가!"

툴툴거리는 둘에게 고복은 빈정거리며 말했다. 그러자 안 과와 태평은 '어라, 이것 봐라' 하는 눈으로 고복을 돌아보았 다.

저는 뭐가 다르다고, 똑같은 처지인 주제에.

울컥한 둘은 동시에 외쳤다.

"야! 그러는 너는?"

"나? 내가 뭐?"

고복은 눈을 동그랗게 떴다. 그는 배를 잔뜩 내밀고는 말했 다.

"난 여기에 불만 없다. 등 따시지 밥 잘 주지, 힘든 일 시키 는 것도 아니고."

“…….”

“…….”

거짓은 아니었다. 싱글거리는 얼굴을 보아하니 완전히 적응한 모습이었다. 이런 젠장.

저러다가 아주 살림도 차리겠구먼.

태평과 안과는 더 말해봤자 입만 아프다고 구시렁거리며 냉큼 고개를 돌렸다.

고복은 그들의 심정은 전혀 신경 쓰지 않고 제 배만 통통 두들겼다.

통통통.

맑다 하기에는 찜찜하지만 여하간에 그 소리가 다시 울렸다. 고복은 흐뭇한 얼굴로 중얼거렸다.

“흐흐, 저녁에는 뭐가 나올라나~”

그렇지. 저건 원래 저 모양이었지. 태평과 안과는 그저 고개를 돌려 외면할 뿐이었다.

항주를 주름 잡던 셋, 아니, 이 둘이 어쩌다 이 모양 요 꼴이 되었더냐.

“에고고.”

둘은 저도 모르게 한마음이 되어 긴 한숨을 흘렸다. 그저 씁쓸할 따름이다.

‘우헤헤’ 하고 뒤에서 고복의 웃는 소리가 크게 울렸다. 또 혼자서 상상의 나래를 펼치는 모양이다. 저녁에 뭐 먹을지에 대해서.

태평과 안과는 더 말할 것도 없이 빗자루를 들었다. 넓기만 한 전정(前庭)을 쓸어가는 빗질에는 힘이 없었다. 성의없이 빗질을 하던 태평은 슬그머니 눈을 돌려 안과의 모습을 살폈다.

'큭.'

그는 소리없이 한쪽 입꼬리만 슬그머니 끌어올리고는 다시 눈을 돌렸다. 그러자 이번에는 안과가 슬그머니 눈을 들어 태평을 보았다.

그 역시 한쪽 입꼬리만 끌어올리고는 눈을 돌렸다.

서로 생각했다.

'그래도 저놈보다는 내가 낫지. 크크크.'

스산한 밤이었다. 달은 꽉 찼건만, 구름이 짙어 달빛을 보기 힘들었다.

어설픈 복면으로 코아래를 가린 인영 다섯이 담 아래에 모여 있었다.

그들 다섯은 범상치 않은 눈빛을 번뜩였다. 그 눈빛으로 은밀히 좌우를 살폈다. 어디에도 기척이 없음을 확인하고 그들은 바로 기척을 죽이고 담을 훌쩍 넘어섰다.

삼 장에 달하는 담 자락을 단박에 뛰어오름에 조금도 주저함이 없었다.

하나같이 경신의 공부가 경지에 달한 자들이었다. 담 위에 올린 기왓장을 밟고 서는데 아무런 소리도 없었다.

그들은 말없이 눈짓만 주고받았다. 이미 말은 끝났는지 주저할 것 없이 뿔뿔이 흩어졌다.

흐린 구름 뒤에 가려진 달도 달빛이라고 그림자는 있었다. 그들은 처마 그림자마다 숨어들었다. 번뜩하던 눈빛마저 감추자 기척은 간데없었다.

"아흠."

문득 하품 소리 한번 구성지게 흐르며 부스럭 하는 소리가 들렸다. 산발한 머리카락을 더욱 벅벅 긁으며 광견화가 모습을 드러냈다.

"아우, 귀찮아. 왜 잘 만하면 자꾸 측간이 가고 싶어지는 거야. 젠장."

구겨진 옷자락 사이로 흘깃 속살이 드러났지만, 광견화가 달리 광견화가 아니었다. 그녀는 거침없이 옷자락 사이로 손을 집어넣어 벅벅 긁으며 어기적어기적 걸었다.

어디를 보아도 여인의 모습은 아니었다.

성큼 걷던 그녀는 문득 고개를 돌렸다. 처마 아래 그림자가 짙었다. 졸린 눈으로 게슴츠레 바라보다가 이내 쯧 혀를 찼다.

"에이, 귀찮게. 막내야, 그림자에 있다고 모르겠냐. 고만 좀 훔쳐 먹고 들어가 쳐 자라, 이 곰탱아."

광견화는 잠에 취한 마냥 구시렁거리고는 가던 길을 갔다. 본래 측간 때문에 나온 걸음이다.

툴툴거리는 소리가 짜증스레 울렸다.

기척 없던 그림자 밑에서 한 인영이 슬그머니 몸을 일으켰다. 깜빡거리는 눈동자에는 처음의 기세는 간데없었다.

도리어 당황한 기색이 뚜렷했다. 드러난 눈 아래가 어쩐지 붉었다.

"……."

안절부절못하던 그는 순간 움찔 어깨를 떨었다. 어디선가 노려보는 시선이 날카로웠다. 고개를 돌리니 처마 밑에 다른 그림자가 있었다.

머쓱함에 그는 급히 자리를 피했다.

그들 무리가 목적한 곳은 모용세가의 가장 깊숙한 심처인 가주전이었다.

세가뿐만이 아니라, 여느 강호 무리가 다 그러하듯 수장의 거처는 가장 엄중한 경계를 취하는 것이 보통이다. 하지만 모용세가의 가주전은 휑하니 자리하고 있었다.

흔한 불빛조차 보이지 않았다.

무경계가 도리어 경각심을 일깨웠다. 사전에 약속한 대로 자리 잡은 그들은 눈동자를 굴리며 다급히 주변을 살폈다. 하지만 처음으로 마주했던 기척은 광견화 하나뿐.

모두 각자 저들 처소에 자리하고 있을 뿐이었다.

진정으로 텅텅 비어 있단 말인가. 달리 경계를 취하지 않고 있단 말인가.

그들 상식으로는 이해할 수 없었다. 고민은 길지 않았다. 지키는 인력이 없다면 달리 갖추고 있는 것이 있음이 뻔하지 않겠는가.

기관, 함정, 혹은 진법.

생각하기가 무섭게 그들 눈가에 미미한 동요가 일었다. 몸을 날리면 단박에 닿을 듯했던 전각과의 거리가 순식간에 멀어진 듯했다.

"……."

"……."

그들은 눈빛을 교환했다.

물러서겠는가, 아니면, 강행할 것인가? 주저하는 눈빛들도 있었지만, 결국에 그들이 내릴 결론은 하나였다.

어차피 복면을 뒤집어쓴 순간부터 그들에게 달리 도리는 없었다. 여기까지 온 마당이다.

적어도 그들에게는 기호지세(騎虎之勢)가 다르지 않았다.

얼굴을 가린 복면이 못미더운지 그들은 복면 자락을 매만지며 움직이기 시작했다.

신중함인지 두려움 때문인지 그들의 내딛는 걸음은 더욱 숨을 죽였다.

복면 위로 드러난 두 눈은 하나같이 긴장으로 굳어 있었다. 그것까지 감출 이유는 없었다.

"......"

그들은 전각의 편액 아래에서 잠시 걸음을 멈췄다. 너무 긴장한 것인가.

다섯 모두 무탈했다. 성호장을 일거에 흡수했다 하여 너무나 긴장했던 것인가. 몇 걸음에 심력을 소진한 자신들이 한심할 정도였다.

눈가에 헛웃음이 비춰졌다.

그들은 고개를 들어 전각을 살폈다. 이곳이 목적한 곳이 맞는지 확인해야 할 것이다.

전각에는 무량전(無量展)이라 적힌 편액이 걸려 있었다. 오래지 않은 듯 편액의 바탕은 하얗기만 했다. 획마다 힘이 한가득이었다.

복면인들 중 후미의 한 명이 이채를 띤 눈으로 편액을 바라보았다. 무량이란 글자의 남다름을 느낀 까닭이었다. 숨어든 처지만 아니었다면 탄성을 흘렸을 터.

그는 이내 안색을 굳혔다.

[이곳 모용가는 실로 용담호혈(龍潭虎穴)이라 할 만하구나.]

짧은 전음에 긴장이 가득했다. 자리한 몇은 흠칫 놀라 고개를 돌렸다. 그들이 아는 그는 이런저런 말을 쉬이 하는 자가 아니었다. 와 닿는 무게감이 갑작스러웠다.

복면 위로 가라앉은 눈동자들이 심상치 않았다.

그들 모두 절정에 닿았다 자부하는 몸들이다. 어찌 물러설 텐가. 모용가주가 천하에 이름 떨친 호풍결 모용반호라지만, 그들 다섯이라면 능히 감당할 수 있을 것이다. 하지만 그들의 목적은 모용반호가 아니었다.

다만 소문의 진위를 확인하는 것이었다.

모용가에서 얻었다는 비보가 무엇인지. 그것이면 족했다.

조심하는 몸놀림은 어색하지만, 내딛는 걸음에 소리와 기척은 없었다.

그들은 무량전의 곳곳으로 흩어졌다. 외따로 선 무량전에 문은 하나뿐이오, 사위로 큰 창이 나 있었다.

일가의 가주가 머물기에는 단출하다 할 구조였다. 아니, 여기 모용가의 장원이 원래 그러했다.

일체의 장식이고 뭐고 없는 투박한 전각들이 전부였다.

좋게 말하자면 검박하나 솔직히 말하면 조악했다. 그러하니 굳이 가주전의 단출함을 경계할 이유는 없었다.

어두운 이곳에 기척은 없다.

그들은 한 명 한 명 안으로 들어섰다. 밝힐 빛 한 점 없는 곳에 창가에서 스며드는 흐릿한 달빛이 의지할 수 있는 전부였다. 하지만 그것에 어려움을 느끼는 사람은 아무도 없었다.

그들은 안광을 발하며 주변을 둘러보았다.

다른 곳에 비해 규모가 제법 크다는 것을 제외하고는 다를 것이 없었다.

심지어 변변한 가구조차 없어 휑하기만 했다. 복면인들의 눈에 당혹감이 뚜렷했다.

무어라도 있어야 찾는 시늉이라도 할 것이 아닌가. 이리 텅 텅 비어 있어서야 밤손님에 대한 예의가 아니지 않은가.

그들 다섯은 흩어져 주변을 샅샅이 훑어보지만, 어느 쪽이고 할 것 없이 빈손에 어깨만 으쓱할 따름이었다.

으음.

실로 난감한 일이 아닌가.

그들 다섯은 서로를 마주 보며 묻지만 누구도 이렇다 할 답을 낼 수가 없었다. 다시 잠입하기에는 위험부담이 크다. 그렇다고 아무것도 없이 텅 빈 이곳에서 달리할 수 있는 것도 없었다.

그리 조사를 한다고 했건만, 여기 모용가에서 달리 비보를

둘 만한 곳이 어디던가.

"무엇이 그리 고민이신가?"

문득 목소리가 물었다. 걸걸한 목소리였다. 고민하던 복면인들은 고개를 치켜들고 서로를 보았다. 누구도 입을 연 사람은 없었다.

"허허, 이쪽일세."

웃음 섞인 목소리는 친절했다. 그들 다섯은 천천히 고개를 돌렸다. 달빛도 닿지 않은 벽은 어두컴컴했다. 그곳에 웅크린 작은 그림자가 있었다.

어째서 눈치채지 못했을까. 의문이 떠오르는 찰나, 노란 불길이 피어올랐다.

등잔 불빛이었다.

갑작스런 빛은 두 눈을 찌르는 듯했다. 다섯의 얼굴이 크게 일그러졌다.

등잔에 불을 밝힌 사내는 가만히 앉은 채 당혹해하는 다섯의 검은 사내를 바라보았다. 얼굴에는 여유가 가득했다.

"괜찮으신가?"

"…으음."

누구도 선뜻 답하지 못했다. 물론 답을 바라고 물은 것도 아니었다.

그들 다섯은 불을 밝히고 앉은 사내가 누구인지 잘 알고 있었다. 목적을 가지고 숨어든 처지. 집주인의 얼굴을 몰라서야 되겠는가.

모용가주 호풍결 모용반호.

"본의 아니게 놀라게 한 모양이군."

너무나 여유로운 모습이었다. 다섯이면 능히 감당할 수 있으리라 자신했건만 오판이었다. 그들은 움직일 수 없었다. 갑작스런 대면 때문이 아니었다. 넓은 무량전의 공간을 가득 채운 것은 모용반호의 잠잠한 기세였다.

"그… 그대는……."

이들을 이끌던 복면인은 더듬거리며 입을 열었다. 당혹감에 목이 메어왔다. 목소리는 잘 나오지 않았다.

"그리 긴장하지 마시오, 진 선배."

모용반호는 웃으며 말했다. 그의 말에 입을 열던 복면인은 뿌득 이를 악물었다. 드리운 복면 위의 두 눈동자에 떨림이 선명했다.

솔직한 반응이었다. 굳이 말로 할 것도 없었다.

"……."

모용반호는 의미심장한 미소를 띠고 새삼스레 진중한 눈으로 복면의 다섯 사람을 바라보았다. 그러나 태연한 외견과 달리 그 속은 놀람에 흔들리고 있었다.

'과연… 이환님이시로다. 그분 말씀이 틀림이 없구나.'

미리 준비하고 기다리고 있었기에 망정이지, 그렇지 않았
다면 어떤 식으로든 큰 낭패를 당했을 것이다.

그는 이들 다섯이 어디서 온 자들인지 이환에게 들어 알고
있었다. 그리고 기다리고 있었다.

광동진가(廣東陳家).

한때 광동 일대를 평정했던 전통있는 무가였다. 그것은 그
리 먼 과거가 아니었다.

비록 지금은 침체 일로를 걷고 있지만, 전통의 힘은 무시할
것이 아니었다.

실제로 지금 앞에 선 다섯 복면인의 무위는 호락호락하지
않았다.

저들을 이끄는 자, 포환철권(砲丸鐵拳) 진처영(陳處嶺)이 분
명했다. 쇠락한 진가를 버티고 있는 대들보와 같은 인물이다.

그를 비롯한 네 사람은 그가 직접 키운 진가사수(陳家四秀)
가 분명했다. 서른에 가까운 나이에 절정지경에 닿았다 하던
가. 진가의 마지막 보루라 불리는 자들이었다.

그리 다섯이라면 이전 호풍결이라는 이름으로서는 결코
감당하지 못했을 것이다.

그러나 지금은 다르지.

모용반호는 강한 자신감을 드러냈다. 기세를 선점한 것도

있으나 무엇보다 그에게는 무량이 있었다.

이 전각의 이름과 다르지 않은 무량심법, 그리고 천중무봉의 양대 검법.

모용반호는 참오하고 또 참오하여 작게나마 성취를 얻은 바였다. 그는 전에 없는 여유를 지니고 고개를 돌렸다. 자신을 향해 있던 다섯 쌍의 눈이 흠칫하여 물러섰다.

일변한 기세를 느꼈기 때문이다. 더 주저하고 있을 상황이 아니었다. 그들은 급히 눈을 돌렸다. 그들은 명령을 기다렸다.

그 명령을 내릴 수 있는 유일한 이는 일렁이는 눈동자에 혼란을 감추지 못했다. 경험 많은 노강호라 하는 이로서 이런 경우는 겪은 바 없었다. 그는 지금 상황을 정확히 파악할 수가 없었다.

그러하니 답 또한 나오지 않았다.

물러서야 할 것인가, 아니면…….

"……."

진처영은 문득 눈빛을 굳히고 쓰고 있던 복면을 벗었다. 그러자 위맹한 얼굴이 드러났다. 수염이며 머리는 희끗했다.

"다, 당주!"

놀란 사내들이 외쳤다. 당주 진처영은 손을 들어 그들의 놀람을 막았다. 지금 문제는 그들이 아니었다.

모용반호는 지그시 진처영을 바라보았다.

"어찌 알았는가?"

"……"

당연한 물음이었다. 그러나 답은 없었다. 그저 알 듯 모를 듯 많은 의미를 품은 미소를 머금을 따름이었다.

진처영은 그 미소에 크게 눈살을 찌푸렸으나, 이곳은 모용가의 복판. 지금 불리한 것은 자신이었다. 그는 눈을 감아 외면했다. 몰래 숨어든 주제에 강호 선배로서의 대접을 기대할 텐가.

불쾌해할 것도 없다.

진처영은 이를 악물었다. 지금은 숙일 때다. 감은 눈꺼풀 밑으로 동공이 흔들렸다.

한순간 틀린 속을 달래 진처영은 곧 안정된 눈길로 모용반호를 바라보았다. 수염 무성한 입가에 미소가 그려졌다. 억지 미소가 아니었다.

과연 노강호로다.

모용반호는 반보 뒤로 물러섰다. 그것이 무엇을 뜻하는지 진처영은 잘 알았다. 여지가 있다는 것. 진정한 그의 눈가에 다시 일렁임이 일었다.

모용반호는 가만히 고개를 끄덕였다.

진처영은 넷을 돌아보며 말했다.

“너희는 나가 있거라.”

“당주!”

“그만.”

“으음.”

진처영은 더 이상 그들을 보지 않았다. 그는 한 손을 들어 단호한 태도를 보였다. 더 말할 수 없었다.

복면인들은 하나뿐인 무량전의 문을 나섰다. 밖으로 나선 그들을 맞이하는 것은 치천세와 풍적소였다.

“차라도 하지 않으시겠소?”

여유있는 미소에 그들 넷은 아무런 말도 할 수 없었다. 싸우고자 하는 마음조차 일지 않았다.

굳게 쥐었던 주먹들이 힘없이 펼쳐졌다.

기다림은 그리 길지 않았다. 닫혔던 문이 열리며 모용반호와 진처영이 모습을 드러냈다.

그는 말했다.

“여유를 주지 않으시겠습니까?”

“물론일세.”

진처영은 어두운 얼굴로 고개를 끄덕였다. 하지만 한가닥 미소는 있었다.

돌아간다.

쓸쓸한 한마디에 모용가의 누구도 배웅하지 않았다. 그가 원하지 않았다.

모용반호가 나섰으나 진처영은 고개를 가로저었다.

"진 선배."

"밤손님으로 들어왔으니 밤손님으로 나가겠네. 무슨 배웅인가."

모용반호와 치천세, 풍적소는 무량전 앞에서 멀어지는 다섯 사람을 바라만 보았다.

말없이 자리하던 풍적소가 입을 열었다.

"저들이 진가의 마지막 여력이라 봐야겠군요."

"그러하네. 어찌하면 좋겠는가?"

"하하, 이미 생각해 두신 바가 있으신 듯합니다만."

"음."

치천세의 웃음 섞인 물음에 모용반호는 부정하지 않았다. 그는 고개를 끄덕였다.

무량전 처마 위로 달이 밝다.

광견화는 짜증스런 얼굴로 밖으로 나섰다. 쿵 소리가 요란했다.

"에이, 찜찜해."

그녀는 건성으로 구겨진 침의 자락을 주섬주섬 걷어 올리며 어기적어기적 걸었다. 문득 그녀의 걸음이 딱 멈췄다. 그녀는 찌푸린 눈으로 멀거니 그림자를 바라보았다.

"너, 아직도 그러고 있었냐?"

"……."

그녀의 짜증으로 가득한 목소리에 그림자는 크게 움찔했다. 광견화는 고개를 살래살래 가로저었다. 그녀는 가만히 손으로 아랫배를 쓰다듬었다. 뱃속이 묵직했다. 잘 자다가 측간을 찾은 것만도 짜증스러운데, 오래 앉아 있어 다리는 저리지, 거기다가 끝도 개운치 않았다.

그 와중에 저 곰탱이까지.

광견화는 눈에 확 불을 켰다. 생각할수록 속에서 열불이 이글이글 타오르기 시작했다.

그녀는 성큼 걸어가면서 버럭 외쳤다.

"야, 이 곰탱아! 들어가 좀 처 자라고 말했으면 처 들어 먹어야 할 거 아냐!"

퍽!

광견화는 대뜸 손을 휘둘렀다. 뒤통수를 호되게 맞은 그림자는 움찔 몸을 떨었다. 그녀는 한 번에 멈추지 않고 계속해서 그림자를 후려쳤다.

"정말이지, 그렇게 처먹고 또 뭘! 어라?"

몰아붙이던 광견화는 손을 멈췄다. 손맛이 이전 같지 않았다. 반응 또한 이전 같지 않았다.

막내라면 왜 때리느냐고 벌컥 성이라도 낼 텐데. 게다가 막내의 뒤통수만큼 그리 크지도 않아 소리가 달랐다.

"뭐야? 너 누구야?"

"아니, 저기……."

그림자는 등을 보인 채 얼버무렸다. 그러나 낯선 목소리였다. 짜증나는 와중에도 게슴츠레하던 졸린 눈을 치뜨며 광견화는 일단 손을 떨쳤다.

아까처럼 마구잡이로 휘두르던 손이 아니었다. 경풍이 매섭게 일었다.

"헛!"

그림자는 급히 몸을 비틀어 처마 아래에서 벗어났다. 그가 섰던 자리에 쿵! 소리가 둔중하게 울렸다. 쌓인 토벽에 광견화의 작은 손이 틀어박혔다.

훤한 달빛 아래에 광견화는 눈을 시퍼렇게 치떴다.

"호오라, 간뎅이만 부은 놈인 줄 알았더니 제법 한 수가 있는 놈이로구나."

이제는 제대로 뜬 눈동자에 가득한 것은 시퍼런 살기였다. 복면의 사내는 마른침을 꿀꺽 삼켰다. 그는 안절부절못하다가 급히 고개를 돌렸다. 복면 위로 얼핏 드러난 콧잔등은 달빛에도 또렷할 정도로 붉었다.

"소, 소저, 저, 저, 오, 옷이……."

그는 더듬거리며 말했다. 살벌하게 웃던 광견화는 그 말에 고개를 숙였다. 대충 묶었던 침의 자락이 풀어져 펄럭였다. 뽀얀 속살이, 봉긋한 가슴이 달빛에 드러났다.

광견화는 대수롭지 않은 듯 쩝 소리를 한 번 흘렸다. 그녀는 주섬주섬 풀어진 옷자락을 다시 그러쥐었다.

"저, 저, 저는… 저, 저, 절대로 수상한 자가 아니, 아닙니다!"

복면사내는 고개도 들지 못하고 목소리를 높였다.

"엥?"

광견화는 무슨 뚱딴지같은 소리냐며 고개를 들었다. 어설프게 묶은 복면 뒤로 시뻘건 귓불이 눈에 들어왔다.

"흐음."

광견화는 턱하니 팔짱을 끼고 사내를 빤히 바라보았다. 숫기없이 안절부절못하니 이거 희한한 놈이다 싶었다. 그때였다. 뒤에서 낮은 목소리가 들려왔다.

"그만해라."

"둘째오라버니?"

치천세였다. 그는 웃음 가득한 얼굴로 건들거리며 다가왔다. 광견화는 잔뜩 찌푸린 얼굴로 치천세와 복면사내를 번갈아 바라보았다.

"뭐야? 어떻게 돌아가는 건데?"

"날이 밝으면 다 모인 자리에서 말해주마. 그나저나… 넌 복장이… 에효, 말을 말아야지."

치천세는 웃는 낯을 찌푸리며 광견화의 모양새를 아래위로 훑었다. 하지만 어찌할 수 없는 일이니……. 그는 고개를 살래살래 가로저었다.

"쳇, 남이야."

광견화는 싸늘하게 혀를 차며 픽 고개를 돌렸다. 참으로 여인답지 않은 모습이다. 그런데…….

치천세는 복면사내의 멍한 눈을 보았다. 그는 멍청히 광견화의 고개 돌린 모습을 바라보고 있었다.

'오호라!'

치천세의 입꼬리가 슬그머니 올라갔다. 그는 속으로 음흉한 미소를 가득 머금었다. 그러나 외견은 아주 인자한 호군자의 모습으로 헛기침을 흘렸다.

"험험, 이 아이는 우리 귀염둥이 의매라오. 강호 사람들이… 과, 광… 화라 한다오."

넉살 좋게 웃으며 말하던 치천세도 차마 그 앞에서 광견화라는 이름을 제대로 내뱉지 못했다. 그것이 못마땅한지 광견화가 버럭 소리쳤다.

"아니, 의형이란 사람이 동생이 뭐라 불리는지도 모른단 말이오? 이봐, 똑똑히 들으라고. 이 몸이 바로 광견화 여협이

시라고."

"……."

가슴을 활짝 펴며 뽐내듯 외치는 모양새에 치천세는 웃는 입술 뒤로 이를 악물었다.

'아이고, 이 망할 것아.'

그는 급히 복면사내의 안색을 살폈다. 그리고 안도했다. 마냥 좋단다, 저거. 그의 두 눈이 배시시 웃고 있었다.

"저, 저는… 아!"

그는 허겁지겁 가린 복면을 풀어냈다. 어차피 다 들킨 마당에 부러 감출 것도 없지.

"저는 광동진가의 진정영이라 합니다. 과분하나 무림 동도들에게 권영(拳英)이라 불리고 있습니다."

"호오, 그러시오. 이것 참. 자, 내 안내하겠소이다. 이쪽으로."

"아, 가, 감사합니다."

치천세는 두 입꼬리가 귀에 걸릴 지경이었다. 이것이야말로 일거양득, 도랑 치고 가재 잡는 경우가 아니겠는가. 그는 기꺼운 미소를 머금으며 진정영에게 다가갔다.

정말 모용의 비보라 할 것은 우리 꽃이 아닌가. 뭐, 미친 개 같은 꽃이라는 게 문제라지만 젓가락도 짝이 있다는 데야.

"헛헛헛!"

치천세는 도통 웃음을 멈추지 못했다. 그는 연신 웃음을 터뜨리며 진정영을 밖으로 이끌었다. 그 와중에도 치천세는 열심히 숙덕거렸다. 진정영은 귀를 기울인 채 따라서 고개를 끄덕였다.

뒤에 남은 광견화는 뭔가 많이 찜찜한 얼굴이었다. 그녀는 멀어지는 두 사람의 뒷모습에서 시선을 뗄 수가 없었다. 곧 담장 너머로 그들 모습이 사라졌다.

"아, 뭐야."

그녀는 불퉁하게 중얼거렸다. 날 밝으면 말해준다 하니 기다릴 수밖에. 하지만 별거 아니기만 해봐라.

그녀는 입이 찢어져라 길게 하품을 하고는 돌아섰다.

"에이, 다시 잠이나 자야… 에이, 씨양!"

돌아서던 그녀는 짜증난다는 듯 욕지거리를 내뱉었다. 그녀는 아랫배를 급히 움켜쥐었다. 엉거주춤 발길을 돌렸다. 종종걸음이 급했다.

소식이 다시 온 모양이었다.

텅 빈 자리, 처마 위로 빠끔히 얼굴 하나가 고개를 내밀었다. 살피는 눈초리가 조심스러웠다.

안과는 다시 고개를 집어넣었다. 뒤에는 잔뜩 웅크린 태평이 있었다. 그는 쓸쓸한 얼굴로 말했다.

“야, 아무래도 안 되겠다.”

“그치? 그래, 그럴 거야. 나도 큰 기대는 안 했어.”

안과의 말에 태평은 연신 고개를 끄덕였다. 그 모양에 안과
는 콧잔등을 찌푸렸다.

‘지랄하고 있네. 나설 때만 해도 잔뜩 돈독 올라 있던 주제
에.’

속으로만 구시렁거리며 고개를 돌렸다. 눈을 피해 숨어 있
는 판국에 싸움 낼 일 있던가. 그런데 그 모양이 너무나 노골
적이었는지 태평이 눈살을 찌푸리며 안과를 빤히 바라보았
다.

“너, 그거 무슨 의미냐?”

“뭐가?”

“뭐라고 구시렁거렸잖아.”

“내가 언제?”

“언제는, 내가 봤는데.”

“무슨! 왜 또 말꼬투리는 잡고 지랄이야, 지랄이.”

“뭐, 지랄? 이 새끼가!”

“뭐, 이 새끼?”

둘 사이가 대번에 험악해졌다. 그들은 이마를 맞대고 서로
으르렁거렸다. 그런데 그들 바로 옆으로 그림자 하나가 우두
커니 섰다.

"뭣들 하고 있는 거냐?"

"……."

당장에라도 툭탁거릴 듯 두 주먹을 움켜쥔 태평과 안과는 그 목소리에 천천히 고개를 돌렸다. 그러쥔 주먹에 절로 힘이 풀렸다. 그들은 서로를 꼭 부둥켜안았다.

반짝이는 눈으로 그들은 동시에 말했다.

"그냥 우리 사랑하게 해주세요."

조금의 머뭇거림도 없었다. 덜 맞고자 함에 이심전심이리라. 그런데 이번에는 잘 통하지 않았다.

자리에 선 그림자, 치천세는 혀를 끌끌 차며 고개를 흔들었다. 그는 웃으며 말했다.

"그래. 많이 사랑해라. 저 세상에서."

움켜쥔 주먹에 힘줄이 불끈 솟았다. 그 모습을 본 태평과 안과는 대뜸 어두워진 얼굴로 끌어안은 서로를 놓았다. 어차피 맞을 거면 준비를 하고 맞기 위해서였다.

그들은 두 손으로 머리를 감싸 쥐고 몸을 둥그렇게 말았다. 조금이라도 덜 맞기 위함이었다.

그래 봤자였지만.

"이것들아!"

"꾸에에엑!"

"끼에에엑!"

쿵쾅거리는 소리가 바깥에서 요란했다. 그렇지 않아도 잔뜩 힘쓰느라 찌푸려 있던 광견화의 얼굴이 더욱 구겨졌다. 그녀는 이를 악문 채 중얼거렸다.

"아이, 씨! 한참 힘주고 있는데 왜 시끄럽게 난리들이야!"

신경 쓰이게.

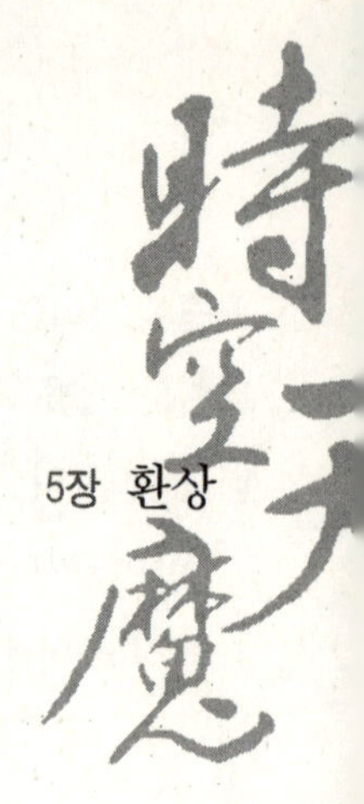

5장 환상

끝을 알 수 없기에, 그리고 언젠가 깨야 하기에 환상은 잔인한 것.

소소는 쪼그려 앉아 있었다. 망연히 바라보는 곳은 이환이 머무는 곳이었다. 그는 오래도록 장가촌에 모습을 보이지 않았다.

무슨 일일까. 무슨 일일까.

걱정하는 마음이 한가득이었지만, 소소는 찾아갈 수가 없었다. 허락지 않았기 때문이다.

“…….”

“소소야.”

말없이 앉은 사조성이 자리한 산 너머를 바라보던 소소의 뒤에서 소년의 맑은 목소리가 들렸다. 소소는 흘깃 고개를 돌렸다.

운비가 엉거주춤 서 있었다.

“어.”

소소는 힘없이 대꾸하며 앉은 몸을 일으켰다. 잔뜩 풀 죽은 모습이었다.

“으악!”

소소는 갑작스레 비명을 지르며 뒤로 벌러덩 넘어졌다. 조심하며 바라보던 운비가 놀라 뛰쳐나갔다.

“소소야!”

“으아아… 아아……!”

“왜, 왜 그래?”

“발이… 발이…….”

소소는 땅을 박박 긁었다. 긴장한 채 너무 오래 주저앉아 있었던 탓인가. 다리에 쥐가 난 모양이다.

운비는 급히 소소의 다리를 잡았다. 엄습하는 통증에 소소는 높이 울었다.

“으에에에엥!”

“차, 참아.”

운비는 능숙하게 소소의 하얀 다리를 주무르며 힘껏 발목을 꺾었다.

“끼야악!”

소소는 아주 자지러졌다. 땅바닥을 박박 긁어대는 모습이 아주 죽겠다 싶었다. 운비는 운비대로 난감했다.

“운비야, 운비야아! 제발, 제발 그만해!”

소소가 목 놓아 사정하지만 운비로서도 어쩔 수 없었다. 지금 아프다고 내버려 두면 두고두고 고생할 것이 뻔했다.

“소소야, 무릎을 펴, 무릎을!”

“으헤엥!”

운비의 외침에 소소는 길게 울었다.

소소는 불퉁하니 잔뜩 볼을 부풀린 채 주저앉아 무거운 다리를 주물럭거렸다. 그 앞에서 운비는 안절부절못했다.

제 딴에는 돕는다 한 것인데.

“못됐어.”

“……”

소소의 싸늘한 한마디에 운비는 푹 고개를 숙였다. 운비는 뭐라 변명을 할 수가 없었다. 할 말이 꽉 틀어막혔다. 무어라 말하려 입을 벙긋하지만 노려보는 소소의 눈길이 워낙에 시퍼렇기에 결국 입술만 잘근 씹어댈 뿐이었다.

"미, 미안해."

운비는 조심스럽게 말을 건네었다. 하지만 소소의 반응은 더욱 싸늘해졌다.

"흥!"

소소는 팔짱을 끼며 냉큼 고개를 돌렸다.

그 모습이 모니터에 선명했다. 이환은 그 모습을 바라보고 있었다.

"……."

무슨 말을 달리 할까. 콩닥거리는 소소와 운비의 모습이 이환은 기특했다.

장가촌의 상황은 이제 안정된 상태였다. 저들이 지금에 만족하여 큰 욕심을 부리지 않는다면 저들은 이룬 고요함을 유지할 것이다.

바깥에는 모용가가 있을 것이다. 또한 운비가 있으니.

이환은 어쩔 줄 몰라 하는 운비의 모습을 보았다. 아이는 빠르게 큰다. 벌써 머리 하나가 큰 운비는 작은 소소의 삐친 모습에 안절부절못하고 있었다. 그럼에도 이환이 준 신궁 헌팅 매그넘은 꼭 쥐고 있었다.

실력은 나날이 일취월장(日就月將)했다. 희부인에게 기본적인 가르침을 받을 뿐이건만, 받아들여 제 것으로 만드는 데에 천부적이었다.

가르치는 입장에서는 참으로 기꺼운 아이이며, 앞날이 기대되는 아이였다.

하지만 그런 영민함과는 별개로 소소 앞에서는 그저 어찌할 바를 모르는 제 또래의 어린아이에 지나지 않았다.

소소는 어쩔 줄 몰라 하는 운비를 살피며 슬그머니 웃는다. 그 모습에 이환은 고개를 가로저었다.

애, 어른 할 것 없다. 결국 여자는 남자의 머리 위에 있다. 저 경우에는 또 다르지만. 이환은 문득 눈을 돌렸다. 다른 모니터에 하얀 방의 모습이 있었다.

이환은 슬그머니 눈살을 찌푸렸다. 그는 한참 동안 모니터를 바라보았다. 씁쓸함이 짙었다.

소림, 당가, 모용의 무수한 일들과 함께 그의 신경을 쓰이게 만드는 문제였다.

그녀 임관홍.

제가 무어라도 되는 줄 아는 건가. 아무것도 하지 않고, 아무것도 먹지 않고, 아무것도 마시지 않고.

"지금 싸우자고 하는 건가?"

흘러나온 목소리는 결코 고울 수가 없었다. 그의 눈길이 향한 모니터 영상에는 초췌한 임관홍의 모습이 각 카메라 별로 가득 떠 있었다.

　어느 영상에서든 임관홍은 큰 눈 가득 그렁그렁 눈물을 머금고 있었다. 움푹한 얼굴로 그 눈은 더욱 크게만 보였다.

　이환의 눈에 지금 임관홍의 모습은 죽으려 하는 자의 모습과 다르지 않았다.

　"……."

　이환은 말없이 모니터를 바라보았다. 무궁화는 어떤 보고도 하지 않았다.

　이환은 그러나 성을 내지 않았다. 한층 가라앉은 눈으로 그녀의 모습을 바라볼 뿐이었다. 어쩌면 그에게 성을 내는 것은 그녀의 일일지도 몰랐다.

　이환은 고개를 돌려 외면했다. 지금은 이렇게 외면할 수 있었다. 그러나 언제까지고 외면만 할 수는 없는 일이었다. 이환은 잘 알고 있었다.

　그러나 그것이 언제까지일지는 자신은 물론 누구도 마찬가지였다.

　지금은 외면하는데 언제까지고 외면만 할 수 있을지는 스스로도 알 수 없었다.

　이환은 화면을 바꿨다. 임관홍의 영상이 하나둘 사라지며 그 자리를 대신한 것은 한 사내의 모습이었다. 그것은 칠왕 누구의 것도 아니었다.

그의 이름은 대막사영(大漠邪令) 구태(具態)라 했다.

이환은 말이 없었다. 그는 자신과는 아무런 상관도 없는 자였다. 별호에서도 알 수 있듯이 그는 저 멀리 대막의 인물이었다. 그곳에서는 사신과 같은 위명을 떨치고 있다 들었다.

하지만 임관홍에게는 상관이 있었다.

＊　　　＊　　　＊

그것은 처음부터 환상에 지나지 않았을지도 모른다. 결코 이룰 수 없는 것이다.

그래.

임관홍은 스스로에게 말했다. 그녀는 바라서는 안 될 것을 바란 것일지도 모른다.

좋든 싫든 그녀는 어떤 결과이든 수긍할 것이다.

하지만, 하지만…….

임관홍은 색 잃은 눈으로 하얀 벽을 바라보았다.

"그는… 보지 않습니다."

그의 눈에 자신은 없었다. 임관홍은 그 차이를 이제야 알 수 있었다. 자신은 이제 돌이킬 수 없는 곳까지 와버렸는데 정작 그는 자신을 보고 있지 않았다.

어찌해 이제야 깨달았을까.

그녀는 슬프지도 않았다. 이것이 절망일까.

문이 열렸다. 스륵 하는 소리는 이제 익숙하다. 임관홍은 고개를 돌렸다. 검은 기운으로 둘러싸인 그가 있었다.

이환이다.

임관홍은 슬펐다.

그의 모습을 보았다. 그러하기에 슬펐다.

그의 모습을 보았다. 그러하기에 기뻤다.

임관홍은 입으로 웃으며 눈으로 울었다. 흐르는 눈물 자국은 깊고 굵었다.

"……."

이환은 아무런 말도 하지 않았다. 한참을 문 앞에 서 있던 그는 눈살을 찌푸린 채 한 걸음을 내디뎠다. 그는 천천히 걸어 가까이의 소파에 앉았다.

임관홍의 멍한 눈이 그를 따라 돌았다.

이환은 다리를 꼬고 앉았다. 그는 고개를 옆으로 기울이며 물었다.

"죽을 작정인가?"

"……."

임관홍은 대꾸하지 못했다. 대꾸할 말이 없는 건가, 힘이 없는 건가. 말라붙은 입으로 무슨 말을 할 수 있을까.

아무리 무학의 지극한 이치를 깨달았다 해도 여인의 심사는 이해할 수가 없다.

무궁화의 조언에 귀 기울이는 편이 좋았을지도 모른다.

"쳇."

주제넘은 조언이라고 생각했다. 이환은 짧게 혀를 찼다. 그는 벌떡 몸을 일으켰다. 그는 걸치고 있던 재킷을 벗으며 셔츠의 소매를 걷어붙였다.

무엇을 하려는 것인지 임관홍은 당황하지도, 놀라지도 않았다. 보는 멍한 눈은 그대로였다.

이환은 성큼 그녀에게 다가갔다. 그는 거칠었다. 무자비했다. 그는 억센 손으로 주저앉은 그녀의 팔을 붙잡았다.

"……."

임관홍은 저항하지도, 따르지도 않았다. 그녀는 망연한 눈으로 그를 빤히 바라볼 뿐이었다.

"일어나."

"……."

이환은 짤막하게 말했다. 그 한마디를 내뱉는 순간 게스트 룸의 공기가 멈췄다. 그 공기는 임관홍을 억죄어왔다. 하지만 그녀는 반응하지 않았다. 모든 것을 놓아버린 그녀였다.

젠장.

이환은 더 말하지 않았다. 그는 단박에 임관홍을 일으켜 세웠다. 한 손에 그녀는 흐느적거리며 딸려 올라왔다. 축 늘어진 모습은 그대로였다.

이환은 손을 뻗어 그녀의 턱을 움켜쥐었다. 그는 적자 빛으로 일렁이는 두 눈을 그녀와 똑바로 마주했다.

"죽을 테면… 나가서 죽어."

"……."

임관홍은 그 눈과 그 한마디에 눈물을 쏟지 않는 자신이 신기했다. 감정이 죽어버린 것 같았다. 그때였다.

이환은 그녀의 귓가에 다시 한마디를 내뱉었다.

"그도 싫다면… 살아."

"……."

임관홍은 고개를 들었다. 지금 무슨 말을 들은 것인지 잠시 이해하지 못한 듯했다. 우묵한 눈자위 위로 까만 눈동자가 흔들렸다.

"살아서 그리워하라고. 마음껏 괴로워해. 그것까지 탓하지는 않을 테니."

그 흔들림이 멍한 얼굴에 균열을 일으키는 것 같았다. 하얗고 창백한 얼굴에 움찔거리는 경련이 하나둘 일어나기 시작했다.

그녀는 더 참지 못했다.

와락 눈물이 터져 나왔다. 오열이 터져 나왔다. 주린 몸, 말라 버린 몸 어디에 그런 울음이 가라앉아 있었더냐.

이환은 여전히 싸늘한 눈으로 터지듯 눈물 쏟는 임관홍을 바라보았다. 그의 눈에 분명 감정은 없었다.

그는 우는 임관홍을 안아 들고 걸음을 옮겼다.

가벼운 몸, 허약한 몸. 한 줌이나 될까 싶은 허리에 뼈는 앙상했다. 그는 그녀를 안아 들고 자리를 옮겼다. 미리 준비해 둔 것처럼 미음이 한 그릇 있었다. 하얀 김이 따뜻하게 피어 올랐다.

그녀는 여전히 울었다. 이환은 자리에 앉았다. 그는 말없이 한 수저씩 떠 일그러진 그녀 입가로 밀어 넣었다. 그녀는 거부하지 않았다. 하지만 잘 받아들이지도 못했다.

입 주변으로 하얀 미음이 주르륵 흘렀다. 흐르는 대로 내버려 두며 이환은 기어코 한 접시의 미음을 우는 임관홍에게 모두 먹였다.

그녀는 삼키며 울었다.

"……."

이환은 텅 빈 접시와 임관홍을 번갈아 바라보았다. 그녀의 두 볼에는 눈물 자국이 선명했다.

기껏 먹였더니 이제는 정신을 놓은 듯했다. 이환은 다시 그녀를 안아 들었다. 그는 욕실로 향했다.

가사 로봇은 능숙하게 온수를 욕조 가득 받았다. 거품이 일었다. 좋은 향기가 하얀 욕실을 가득 메웠다.

이환은 그녀를 목욕 거품 속에 뉘였다. 그가 할 수 있는 것은 여기까지였다.

그는 거품 속에 가라앉은 임관홍의 얼굴을 잠시 바라보았다. 이내 고개를 돌렸다. 한쪽에서 대기하고 있던 가사 로봇이 위잉 소리를 울리며 그녀에게 다가갔다.

첨벙첨벙 하는 물소리가 뒤에서 들렸다. 이환은 천천히 바깥으로 향했다.

욕실의 문을 닫은 그는 잠시 자리에 섰다. 그는 짧은 한숨을 흘렸다.

"하아."

차라리 일백, 일천의 살인 로봇을 상대하는 것이 더 속 편할 것 같다.

이환은 고개를 가로저었다. 잠시 고개를 숙이고 있던 그는 곧 자리를 떨치고 성큼 밖으로 걸어나갔다.

굳은 얼굴. 두 눈은 적자의 불길이 뚜렷하게 일렁였다. 그녀에 대한 배려는 여기까지였다. 더 이상은 용납하지 않을 것이다.

"어차피 흉신 사조성이라 하니 원망이 하나둘 는다 하여 달라질 것은 없겠지. 크."

이환은 쓰게 웃으며 중얼거렸다.

조만간 천하의 원망이 그를 향할지도 모르는 일이었으니.

이환은 더 이상 수련실에 들지 않았다.

무궁화는 다른 보고가 없었다. 그는 묵묵히 모니터 룸에 앉아만 있었다. 그 앞에 여럿의 화면이 동시다발적으로 떠오르고, 계속해서 바뀌어갔다. 중원 십팔만 리가 모두 그 화면에 있었다.

무림인이라 행세하는 자들이었다. 그들은 소림의 술렁임에 귀를 기울이고, 개방의 움직임에 눈을 부릅떴다. 그 와중에 제 이해득실을 따지는 바쁜 것들이 있는가 하면, 나는 모르는 일이오 하며 방관하는 자들 또한 있었다.

그러나 분명한 것은 이곳 강호 무림이라는 곳이 지금 움직이려 하고 있었다.

이환은 비릿한 조소를 머금었다.

그는 고개를 돌렸다. 희뿌연 연기에 휩싸인 작은 선방이 화면을 차지하고 있었다.

"……."

범계광불. 이환은 깊어가는 눈으로 짙은 연기 너머 좌선을 취하고 있는 비쩍 마른 노적(老賊)의 모습을 지켜보았다.

어디 설쳐 보거라. 너를 위한 준비는 차근차근 이루어지고 있으니.

*　　　*　　　*

—적은 어디에 있는가?

목소리가 물었다.

"적은… 그는……."

답할 수가 없었다. 도대체 이 목소리는 언제부터 들려온 것인가. 보각은 알 수가 없었다.

그는 사시나무 떨 듯 부들부들 몸을 떨었다. 오랜 시간의 좌선이 의미가 없었다.

가득한 혼돈 속에서 정법을 향한 길을 찾았다 여겼거늘 이 목소리는 계속해서 그를 혼돈으로 끌어당겼다.

실로 심마다! 심마로다!

이제는 그의 자리가 된 방장의 선방 안에서 보각은 두 눈을 질끈 감고 있었다. 부들부들 떨리는 신형이 심상치 않았다.

그 주변에 가득한 것은 향을 태우는 연기였다. 온통 희뿌옇기만 했다. 마치 방 안에 불을 놓은 것 같았다.

—네가 말하는 대적은 어디에 있는 게냐? 도대체 누가 너의 적이냐?

머릿속에서 스스로의 목소리가 쩌렁 하고 크게 울렸다.

보각은 머리를 그러쥐었다. 앓는 신음 소리가 악문 잇새를 비집고 흘러나왔다. 그는 거칠게 고개를 가로저었다.

"아니, 아니야. 아니다."

—무엇을 망설이는가.

"나는… 나는……."

—정법, 오직 정법만을 세우겠노라 하지 않았더냐.

"그건……."

—못난 놈.

"아미타불, 아미타불… 으, 으으… 아미……."

—부처가 너를 돌아볼 것 같으냐?

"세존의 광휘는……."

—네 손을 보아라!

"……."

보각은 세차게 고개를 가로저었다. 무슨 말을 하는 거냐. 이 목소리는…….

—네 손을 보아!

목소리는 다시금 보각을 다그쳤다. 보각은 앙상한 어깨를 움찔 떨었다. 이번만큼은 항거할 수가 없었다. 그는 주저하며 무릎 위에 제 두 손을 바라보았다.

붉다. 너무도 붉다.

한층 낮은 목소리가 은밀히 속삭였다.

—그리 피에 젖은 손으로 무슨 정법을 구하려느냐.

"윽! 으아! 으아아! 물러가! 물러가라, 이 삿된 것아!"

―삿되다. 무엇이 삿되다 하느냐?

"바로 너다! 네놈이야말로……!"

발악하던 보각은 한순간 말을 잇지 못했다. 그의 주변이 온통 어둠으로 가득했다. 그가 자리하고 있던 소림의 선방이 아니었다. 이곳에서 보각은 혼자였다.

보각은 흔들리는 눈으로 주변을 둘러보았다. 그러나 그가 볼 수 있는 것은 아무것도 없었다.

"흐어, 흐어……."

보각은 거친 숨을 몰아쉬었다. 가사 자락 아래 앙상한 굴곡이 드러났다. 문득 숨죽인 소리가 들렸다.

크, 크크크.

'웃음… 소리?

안도하던 보각은 얼어붙었다. 그는 떨리는 눈으로 천천히 소리의 방향을 찾았다. 그러나 눈앞을 가린 것은 두터운 어둠뿐.

보각은 웃음의 정체를 찾을 수 없었다.

"이, 이 삿된 것… 물러……."

떨리는 잇새로 보각은 더듬거리며 겨우 입을 열었다. 그 순간 웃음이 그쳤다. 보각은 안도할 수 없었다. 그는 치뜬 눈으로 주변을 돌아보았다.

두터운 어둠은 여전했다. 사라진 것인가? 보각은 눈을 감으며 긴 숨을 흘렸다.

"흐어……."

너무도 괴로운 시간이었다. 그때였다. 보각은 눈을 치떴다. 누군가 그를 똑바로 마주 보고 있었다.

"너, 너는……!"

"내가 삿되다 하면 너는 무어냐?"

"…아… 아미……."

보각이 보각을 마주 보며 웃고 있었다. 기댈 수 있는 것은 오직…….

다른 보각은 더욱 짙게 웃으며 고개를 내밀었다. 그는 말했다.

"이제 너를 위해 빌어줄 부처는 없다."

"으아아악!"

"으아아악!"

보각은 눈을 치뜨며 고개를 치켜들었다. 한껏 벌어진 동공은 불안과 공포로 쉼없이 흔들렸다.

그의 주변은 밝았다.

피워놓은 향초와 향로로 환했다. 향의 연기가 여전히 좁은 선방을 가득 메우고 있었다.

보각은 초점 잃은 눈으로 급히 주변을 둘러보았다. 이곳은
틀림없이 제 세상이었다.

그는 떨리는 손으로 조심히 가슴 자락을 쓸어내렸다. 고개
를 가로저었다.

나는…….

"나는 틀리지 않았다. 나는 틀리지 않았어. 이것은 정법,
정법의 길이다. 구세(救世)의 길이다. 나는…….”

그러나 그 속삭임은 계속해서 입안에서만 맴돌 뿐이었다.
그에게 더 이상 확신은 없었다.

지금은 보각도 범계광불도 아닌, 그저 제 업보에 괴로워 뒤
척이는 처량한 이에 지나지 않았다.

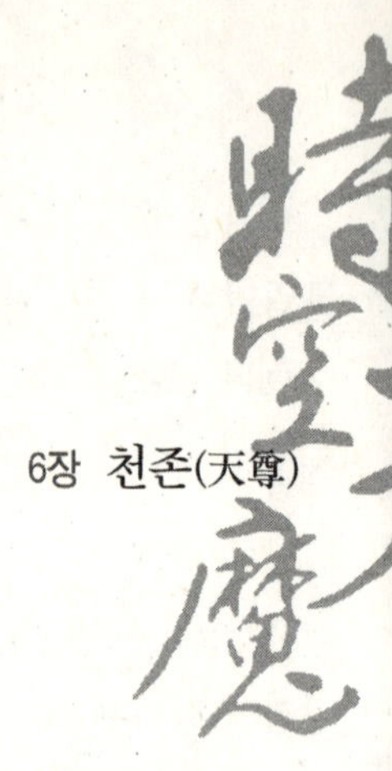

6장 천존(天尊)

시일이 흐르고 있었다. 헛되이 시일이 흐르고 있었다.

선방을 가득 메운 향불의 연기 속에서 범계광불은 초조함을 지울 수 없었다.

그는 한 손에 꼭 그러쥔 녹옥불장을 내려다보았다. 이것만 손에 쥐면 모든 것이 뜻대로 흘러가리라 여겼건만.

다른 것도 아닌 바로 자기 자신에 의해 발목이 잡힐 줄은 생각도 하지 못했다.

범계광불은 녹옥불장의 색이 점차 탁해지고 있음을 눈으로 보면서도 전혀 눈치채지 못했다.

그는 다만 지금 제 처지에 초조하고 답답할 뿐이었다. 그리고 두려웠다. 그를 찾아드는 삿된 것의 물음이 그의 폐부를 깊이 찔렀다.

범계광불은 잔뜩 몸을 웅크린 채 부들부들 떨었다. 그 와중에도 녹옥불장은 여전히 힘주어 움켜쥐었다.

"크흐."

소림의 모든 힘을 집중하여 재세마인, 그 사특한 자를 처단코자 했다.

소림의 이름을, 정법을 세상에 널리 떨치고자 했다. 그러한데 소림대성회라는 거창한 명을 내려놓고 정작 자신은 선방 구석에 틀어박혀 부들부들 몸을 떨고 있었다. 무력한 모습이었다.

제가 이러고 있을 때에 그는…….

"으윽!"

그를 떠올리자 범계광불의 서슬 퍼런 두 눈에 불똥이 거세게 튀어 올랐다.

용납할 수 없다.

그와 같은 자가 세상에 멀쩡히 존재할 수 있다는 것을 범계광불은 용납할 수가 없었다. 그는 세상에서 지워 마땅한 존재였다.

탕마멸사.

그를 제거하지 않고서 어찌 정법을 입에 담으리오.

범계광불은 성근 이를 갈아붙였다. 참으로 마인인 그를 처단하기 위해서는 우선 지금이 중요했다.

자신을 옭아맨 이 족쇄를 풀어내야 했다.

이 삿된 것을 떨쳐 내야 했다.

그것이 마땅히 먼저였다. 분기에 범계광불은 저도 모르게 기세를 그대로 흘려냈다. 방 안을 가득 메운 향연이 사방으로 뭉쳐 밀려났다.

그 자리를 대신하는 것은 흐릿한 연화 향과 더불어 지독한 악취였다. 지금의 범계광불은 스스로의 악취를 느끼지 못했다.

사방에 피워놓은 향불이 부르르 몸을 떨었다.

범계광불은 게슴츠레 눈을 돌렸다. 새삼 연기가 걷힌 선방이었다. 그는 웅크린 몸을 일으켰다. 오래도록 그리 주저앉아 있었기에 몸이 크게 휘청거렸다.

"으음… 그곳이라면……."

그는 한 장소를 떠올렸다. 그곳이라면 이 삿된 것을 떨쳐 낼 수 있을지도 몰랐다.

시간은 늦어 붉었던 하늘도 급히 가라앉고 있었다. 선방을 나선 범계광불은 숭산 자락 한곳에 닿았다.

비좁고 어둑한 동굴이었다. 안쪽으로는 석좌대가 하나 놓여 있을 뿐 별다른 것은 없었다. 하지만 동굴 입구에 세워놓은 석비는 그곳이 실로 중요한 곳임을 알려주었다.

달마동(達磨洞).

소림의 무조 달마 대사께서 면벽하여 깨달음의 묘경을 터득한 곳이었다. 그 의미만으로도 이곳은 소림의 중지 중 하나였다.

범계광불은 달마동의 석좌대에 조용히 올라앉았다. 그는 무릎 위에 녹옥불장을 올려놓고 지그시 눈을 감았다.

부디 이 삿된 것을 이겨내어 연화정법을, 소림의 이름을…….

시간이 차분히 흘러갔다. 들어설 무렵 아직 붉었던 하늘의 노을은 사라지고 달빛이 교교히 빛을 뿌렸다.

이곳에서 범계광불은 제 숨소리에만 귀를 기울였다. 어느 때고 모습을 나타내던 어둔 그림자가 지금은 나타나지 않고 있었다.

그때였다.

'무엇이 그리 고민이더냐?'

혼몽 중인가? 어디선가 들려온 목소리에 범계광불은 눈을 치떴다. 다시 나타난 것인가.

점차 붉어지는 두 눈동자는 크게 흔들리고 있었다. 그는 불안한 속내를 감출 수가 없었다.

"누구냐? 누, 누구야?"

신음처럼 중얼거리던 범계광불은 곧 버럭 목청을 높였다. 그가 내지른 일갈이 비좁은 동굴을 우렁우렁 울렸다.

이곳이 어디이던가. 삿된 것들이 감히 들락거릴 수 없는 곳이다. 내면 깊은 곳에 품은 심마마저 고요해지는 곳이다. 한데 이 목소리는…….

범계광불은 급히 고개를 흔들었다. 광기의 적빛이 눈가에서 흐릿해졌다. 그는 반야의 담담한 공력을 일깨웠다. 그러자 그의 등 뒤로 연화 향도 악취도 아닌, 무지한 향 한 가닥이 피어올랐다.

그 향을 신경 쓸 새도 없이 범계광불은 급히 주변을 살폈다. 한없이 넓어지는 그의 기파는 곧 가까운 암자에까지 미쳤다. 그러나 그곳은 텅 빈 암자, 주인이 없는 곳이었다. 사람의 흔적이 전혀 없었다.

방원 수십여 장에 사람의 기척이라곤 없었다.

그렇다면 무어냐? 또다시 삿된 것이 끼어든 것인가. 범계광불은 고개를 흔들었다. 그는 하소연하듯 갑갑한 숨을 토했다.

"하아!"

“무엇이 그리 한숨이냐.”

“흡!”

또다시 들려온 인자한 목소리는 이번에는 코앞이었다. 범계광불은 겨우 눈꺼풀을 밀어 올렸다. 이 잠깐의 머뭇거림이었지만, 범계광불은 족히 일천 번의 고뇌를 해야 했다.

하얀 혁피화, 그리고 위에 하얀 장포 자락이 펄럭였다. 거기까지였다. 범계광불은 차마 더 이상 고개를 들어 이 위인의 모습을 살필 자신이 없었다.

어둑한 달마동. 이곳에서 그는 가만히 서 있었다. 그는 스스로 빛을 발했다. 두른 장엄한 서기에 범계광불은 어떤 말도 할 수가 없었다.

범계광불은 느낄 수 있었다. 그가 자신을 보는 시선이 아프도록 또렷했다. 어째서 깨닫지 못하고 있었을까. 스스로에게 물어보지만 답은 나오지 않았다.

“그야 너의 경지가 일천하기 때문이지.”

답은 그가 했다.

범계광불의 눈에 두려움이란 것이 일렁이기 시작했다. 다시 붉어진 눈초리는 발작할 듯했지만 온몸에 힘이 풀렸다.

노인은 아무것도 하지 않았다.

“으으……”

두려움에 질린 신음 소리가 흘렀다. 목덜미가, 두 어깨가 무거웠다. 내려다보는 시선이 무거웠다.

"자, 일어나거라."

내민 손은 주름 하나 없어 백옥과 같았다. 마치 노인이 스스로 빛을 발하는 듯했다. 범계광불은 그 손을 바라보는 것조차 힘들었다.

그에게 노인은 다시 말했다.

"정법을 세우고자 했더냐? 재세마인을 처단하고자 했더냐? 그러하면 이 손을 잡아라."

"아, 아아……."

거부할 수 없는 말. 심마중에 빠진 그에게 정법에 대한 광기는, 재세마인에 대한 분노는 무엇보다 컸다. 당장의 두려움을 이겨냈다.

그는 이를 악무는 범계광불의 모습을 보았다. 두 눈에 호기심을 솔직히 드러냈다.

세상에 수많은 번뇌의 씨앗을 뿌렸다. 범계광불은 그중 하나에 지나지 않았다. 하지만 이렇게까지 성장할 줄은 미처 짐작하지 못했다.

그는 생각했다.

'허, 사천 어린것은 이빨을 드러냈지. 너는 어떠하냐?

몸에 두른 빛줄기가 일렁였다. 그는 기대하고 있었다. 어찌 나올 테냐. 치번뇌의 아해야.

범계광불은 부들부들 손을 떨었다. 눈앞에 하얀 손이 있었다. 신령한 빛이 그 손에서 반짝였다.

어찌, 어찌…….

고뇌의 시간은 잠깐이었다. 세상의 마인을 멸하고자 함에 무엇을 망설일까. 어차피 붉어진 손이었다.

범계광불은 덥석 그 손을 움켜쥐었다.

비좁은 동굴이 한순간 광휘가 폭발했다. 그 폭발하는 빛에 범계광불은 눈이 멀 듯했다.

“으, 으으…….”

범계광불은 눈을 치떴다. 핏발 선 눈에 노인의 형체가 겨우 들어왔다. 그는 추호도 눈을 깜빡이지 않았다. 이 광휘의 뒤에는 광영이 있을 것이다.

일말의 근거도 없었지만 범계광불은 확신했다.

온통 부신 하얀 빛 속에서 노인은 미소 지었다. 여래의 미소가 저러할까. 범계광불은 그대로 정신을 잃었다.

*　　　*　　　*

이환은 얼굴을 찡그린 채 중얼거렸다.

“이해할 수가 없군.”

“……”

무궁화는 답하지 않았다. 가능한한 모든 수단을 동원해서 숭산 일대를 모두 탐색하고 있었다. 수많은 영상과 그래프가 쉴 새 없이 화면에 떠올랐다가 사라졌다. 그 탐색의 연속을 이환은 가만히 바라보았다.

범계광불이 사라졌다. 소림 경내는 물론이고 숭산 어디에서도 그를 찾을 수 없었다. 마지막 영상은 한 시간 전, 달마동이라 하는 작은 동굴로 들어가는 것까지였다.

그리고 돌연한 섬광이 터지는 것과 동시에 범계광불의 비루한 모습을 화면상에서 찾을 수 없었다.

이환은 허리를 앞으로 숙였다. 깍지 낀 손으로 턱을 괴었다. 전면을 가득 메운 수많은 화면에 보이는 영상들이 그의 동공에서 번쩍거렸다.

문득 이환은 짧게 중얼거렸다.

“무궁화, 달마동 영상.”

―예.

짧은 대답과 동시에 수많은 모니터에 바쁜 영상들이 사라지고 숭산의 모습이 떠올랐다. 범계광불의 모습이 떠올랐다. 그는 다른 누구도 없이 홀로 산속 오솔길을 걸어 오르고 있었다.

찌푸려진 낯이 참담했다. 긴 선장에 온몸을 의지한 채 어렵게 길을 올랐다. 무언가를 끊임없이 중얼거리고 있었다.

“정법, 정법을…….”

그는 목적한 달마동 앞에서 잠시 머뭇했다. 이환은 그 순간부터 몸을 앞으로 기울였다. 그는 갈피를 잡지 못하는 범계광 불의 모습은 거들떠보지도 않았다.

화면이 잡은 주변의 그림이 모두 그의 눈에 들어왔다.

분명 무언가가 있다. 아니, 있을 것이다.

이환은 달마동의 변화를 기다렸다. 분명 무언가가 있을 것이다. 카메라의 눈으로, 컴퓨터의 눈으로는 볼 수 없는 무언가가 있을 것이다.

‘독왕곡에서도 그러했지.’

진법이라는 기이한 장치가 있지 않았던가. 소리라는 것을 생각하지 못했다면 독왕곡을 찾지 못했을 것이다.

지금의 일은 적어도 그와 비슷한 무언가가 있음이 분명했다. 그때였다.

이환은 자리에서 벌떡 일어났다. 무엇인가 발견한 것이다.

“정지!”

바람에 흔들리던 잡초 자락이 멈췄다. 나뭇가지가 멈췄다. 그 외에 다른 변화는 찾을 수 없었다. 그러나 이환의 눈에는 달랐다.

딱 잘라 말할 수는 없었다. 무궁화 역시 아무런 말이 없었다. 숭산의 멈춘 정경을 바라보던 이환은 고개를 흔들며 중얼거렸다.

"…직접 가봐야겠군."

이환은 앉아 있던 자리에 걸쳐 놓았던 묵룡 장포를 집어 들고 발길을 돌렸다.

그가 나간 후, 모니터 룸은 고요했다. 넓은 화면 가득 달마동의 정경은 계속 멈춰 있었다.

이환이 가까이 다가간 지점에는 먼지의 반사인지 무엇인지 흐릿한 반짝임이 있었다.

깊고 고요한 산.

숭산 본래의 모습은 그러했다. 강호의 지주(支柱)라 하는 소림이 자리한 곳이기에 다른 다툼조차 없었다. 하지만 그것은 평소의 모습이었다.

지금 숭산은 묘한 흥분과 기대, 그리고 위험한 기세로 휩싸여 있었다. 숭산은 그대로인데 달라진 것은 사람들이었다.

소림대성회라 하는 큰 행사 때문이었다.

무어라 했던가. 마의 창궐을 단죄키 위해 소림의 이름을 높이 세운다 했던가.

"꽤나 그럴듯한 말이군."

숭산이 가까운 허름한 노점에 자리한 검은 사내가 나직이 중얼거렸다. 그는 앞에 놓인 이 빠진 찻잔을 집어 들었다. 끓인 지 오래되어 맛은커녕 향도 없었다. 이런 형편없는 노점에도 사람은 득실했다. 허름한 곳에 걸맞은 허름한 모습들이었다.

그 대부분이 칼 찬 자들이었다.

목적 있는 자들, 목적 없는 자들 모두가 뒤섞여 있었다. 숭산 앞에서 잠시 멈춘 걸음. 이환은 가만히 모인 자들을 바라보았다.

떠드는 소리가 요란했다. 여기서는 소림을 말하고 저기서는 개방을 말했다. 그 소리에 귀 기울이는 자가 있는가 하면 또 불쾌한 듯 낯을 찌푸리는 자들도 있었다.

"아, 손님. 더 안 시키실 거면 좀 일어나시죠."

옆에서 짜증스런 목소리가 들렸다.

만사가 짜증스러운 듯 얼굴을 잔뜩 찌푸린 점소이였다. 그는 이환이 마신 찻잔을 신경질적으로 치우며 구시렁거렸다.

"아니, 이렇게 바쁠 때 겨우 싸구려 차 하나 시켜놓고 무슨 자리를……."

들으라는 듯 구시렁거리는데, 이환은 눈 하나 깜빡하지 않았다. 그는 다른 누군가를 보고 있었다.

그가 생각할 때에 이곳에 있으면 아니 되는 자였다.

당거정. 그가 이곳에 있었다.

"은공!"

이환의 시선을 느꼈는가. 당거정이 놀라 외쳤다. 웅성거리던 노점이 한순간 침묵했다. 그들은 어리둥절한 눈으로 당거정을 바라보았다.

아니, 이런 노점에서 무슨 은공 타령이냐는 눈이었지만, 그가 걸친 녹의와 그의 얼굴을 본 사람들은 이내 조용히 탄성을 흘렸다.

'다, 당가다.'

'당가의 탈명호걸이 어찌 이곳에?'

당거정은 그런 웅성임에 신경 쓰지 않았다. 그는 급한 걸음으로 이환의 앞으로 다가왔다. 그 사이에서 점소이는 안절부절못했다.

당거정은 이환 앞에 그대로 한쪽 무릎을 꿇었다.

"암제께옵서 어찌 이런 곳에 계십니까?"

낮은 목소리였지만 듣지 못할 자는 없었다. 호기심 어렸던 모든 눈동자가 경악으로 돌변했다.

쨍그랑!

가까이서 날카로운 소리가 울렸다. 점소이가 들고 있던 찻잔이었다. 점소이는 부들부들 몸을 떨었다. 그도 귀가 있어 암제라는 이름을 알았다.

그 대단한 사람에게 타박을 했으니 죽은 목숨이었다.

점소이의 얼굴은 새파랗다 못해 시커멓게 죽어갔다. 하지만 아무도 불쌍한 점소이에게 눈을 돌리지 않았다.

이환은 나직이 입을 열었다.

"당가주에게 봉문하라 했다."

"예, 그리하셨습니다."

"너는 어찌 이곳에 있는 것이냐?"

"…가주의 전언이 있으셨습니다."

"전언? 나에게?"

"예."

당거정의 얼굴이 깊어졌다. 무언가. 이환은 고개를 비틀었다.

"고하라."

목소리가 울렸다. 당거정은 흠칫하여 고개를 들었다. 다른 이들의 시선은 여전한데 그들의 소리는 들리지 않았다.

한순간에 모든 소리와 멀어진 것 같았다.

그는 묵묵히 고개를 끄덕였다. 그는 암제. 당연한 일이다.

"가주께옵서 전하시길, 천을 경계하라 하셨습니다."

"……."

이환의 무심한 얼굴에 찌푸림이 일었다. 하늘을 경계하라. 이해 못할 말이지 않은가. 이환은 다시 당거정을 보았다.

"당가주는 어찌 되었느냐?"

"……."

이번에는 당거정이 입을 열지 못했다. 그의 낯이 눈에 띄게 굳었다. 변고가 있었다.

당거정의 호방한 얼굴은 감추는 것에 능숙하지 못했다. 이환은 다시 묻지 않았다. 바라볼 뿐이다.

감정없는 눈길이었다. 그는 알고 있음에 일말의 관심도 보이지 않았다. 후들거리는 얼굴이 결국에는 무참하게 일그러졌다. 결국 통한에 젖은 곡이 터졌다.

"은고오옹!"

그는 울부짖으며 고개를 처박았다. 바라보는 이환의 얼굴에는 조금의 변화도 없었다.

당가주는 죽지 않았다. 하지만 죽은 것과 다르지 않았다. 갑작스런 일이라 했다.

흐느낌이 반이었다. 응어리진 절절함이 미친 듯이 터졌으니 당연한 일이다. 게다가 이환이 기파로 주변을 폐(閉)하였으니 울부짖음은 더욱 요란스레 울렸다.

바깥에서 바라보던 사람들은 영문을 알 수 없어 고개를 이리저리 내밀고 바라보고 있었다.

지금 중원 강호에서 제일 큰 이름이었다. 그 자체가 폭풍이

나 다름없었다. 가장 큰 비밀이기도 했다.

암제.

그의 현신이 눈앞에 있다는 것에 뭇사람은 두려움을 잊었다. 그들은 거리낌없이 암제와 그 앞에서 통곡하는 듯한 당거정을 바라보았다.

추한 꼴이다.

"굳이 보일 필요는 없겠지."

중얼거린 이환은 가만히 눈을 돌렸다. 그것으로 충분했다. 어찌 기세를 뿜거나 별다른 안광을 번뜩인 것도 아니었건만 벌어진 광경은 참 볼 만했다. 무공을 익혔건 그렇지 않건, 무공이 높건 낮건 구분이 없었다.

모두 도망하고, 기절했다. 사람으로 미어터질 듯하던 노점이 한순간에 무인지경(無人之境)이었다.

공황심이었다. 이제는 의념만으로도 충분했다. 도망한 자들 중에는 일류입네 절정입네 하고 행세하는 자들도 있었지만, 누구도 항거하지 못했다.

그리고 시간이 제법 흘렀다. 밝았던 하늘에 노을이 빠르게 번져 갔다.

"으허… 허억… 허억……."

"다 끝났나?"

이환은 무심히 물었다. 당거정은 거친 숨을 몰아쉬었다. 몸이 무거웠다. 그러나 내내 억눌렀던 심화를 죄 쏟아내어 가슴만은 한층 가벼웠다.

"추, 추태를 보였습니다."

급히 예를 차리는 말에 신경 쓸 이환이 아니었다. 그는 말없이 자리에서 몸을 일으켰다.

"아, 암제시여!"

당거정은 퉁퉁 부어 흉한 눈으로 다급히 몸을 일으켰다. 이환은 등 돌린 모습으로 잠시 걸음을 멈췄다.

'뭐냐?'

이환은 흘깃 돌아본 눈으로 물었다.

"가주께서 또한 이르시길……"

           *   *   *

이환은 어둠이 내린 달마동 앞에 있었다. 소림의 상징 중 가장 큰 부분을 차지하는 곳이었으나 이환은 들고자 하니 들었을 뿐이다.

"……"

그는 달마동의 동굴 앞에서 묵묵히 자리를 지켰다. 조금의 미동도 없었다. 높이 뜬 달이 그림자를 짧게 할 무렵이었다.

"젠장."

이환은 드물게 낭패감을 드러냈다.

그는 고개를 돌려 하늘을 바라보았다. 저기 푸른 달 가까이에 반짝이는 별 하나가 있었다.

"무궁화."

—네, 이환님.

대답은 지체 없이 날아왔다.

"내 주변 상황에 이상은 감지되지 않는가?"

—예. 아무런 이상도 없습니다.

"……."

이환은 잠시 말을 멈췄다. 그의 눈에는 아직도 반짝거림이 뚜렷했다. 그렇다면 자신이 어떤 환영이라도 보고 있다는 뜻인가.

뇌리에 당가주가 남겼다는 마지막 전언이 떠올랐다.

'광, 광휘… 광휘의 그림자가… 촌음 사이에…….'

채 끝맺지 못한 말.

이환은 지금 그 말의 뜻을 어렴풋이 짐작할 수 있었다. 당가주가 하고자 한 말은 어떤 비유가 아니라 그가 목도한 현상

일 것이다.

"광휘의 그림자……."

이환은 눈을 들어 그가 선 자리를 둘러보았다. 비좁고 어두운 동굴이었다.

푸른 달빛이 닿지 않을 달마동 깊숙한 곳에 미미한 빛의 반짝임이 있었다. 이환이 아니었다면 누구도 그 차이를 깨닫지 못했을 정도로 미미한 차이였다.

—이환님.

무궁화는 이환의 명령을 기다렸다. 이환은 눈을 감았다. 그저 빛의 입자에 지나지 않을 듯했지만, 눈을 감으니 그 궤적이 아직도 선명했다.

달마동에서 빛이 폭사한 것은 적어도 하루 전이었다. 짧은 시간이라 할 수는 없을 것이다. 그럼에도 발광의 흔적이 아직 남아 있었다.

이곳에서 발현된 빛이 힘이 어느 정도일지……. 이환은 달마동 안으로 들어섰다. 비좁고 어두운 동굴이었다.

이환은 짐작할 수 없었다. 하지만 분명한 것은 하나 있었다.

무궁화로서는 짐작할 수 없는 것. 그것은 구체적인 불길함이었다.

그는 가만히 중얼거렸다.

"뭔가 있어."

―이환님?

무궁화가 다시 한 번 물었다.

―보고드립니다. 위험 요인 #001, 범계광불. 다시 모습을 포착했습니다.

"……."

이환은 고개를 돌려 소림을 내려다보았다. 하늘은 어두운데 그곳은 곳곳에 불을 밝히고 있었다.

범계광불은 그곳에 있었다. 인자하게 웃는 낯으로. 번뇌에 혼자 뒤척이던 모습은 간데없었다.

안정된 모습이었다. 그를 걱정하던, 혹은 불안해하던 소림 제자들은 안도한 모습으로 그를 대하고 있었다.

범계광불은 방장 대리 보각으로서 녹옥불장을 다시 찾아들고 일장 연설을 펼치고 있었다.

그가 힘주어 하는 말은 달라지지 않았다. 뻔한 말이었다.

탕마멸사, 연화정법, 재세마인.

이전보다 더욱 단순한 모습이었다. 어떤 변화를 겪었는지 지금으로서는 알 수 없었다. 그러나 한 가지는 분명히 알 수 있었다.

뒤가 있다.

그러하니.

"아직 때는 아니지."

이환은 가만히 중얼거렸다. 캄캄한 밤을 꿰뚫고 이환의 두 눈은 자흑광을 번뜩였다.

*　　*　　*

소림 경내의 객방에 불빛이 밝았다. 원래라면 향화객들이 넘쳐 날 때나 사용되던 방으로 평소에는 창고나 다름없었다.

그곳에 여럿의 승려가 말없이 모여 앉아 있었다.

초췌한 모습. 어두운 얼굴들이 겨우 밝힌 작은 불빛에 비춰졌다. 백팔 명의 금강나한. 그들 중 태반이 이 자리에 모여 있었다. 본래 철탑과 같던 그들이었건만 지금은 철탑이 아니었다.

숨길 수 없는 혼란함으로 심력을 소진한 모습들이었다.

지난 몇 날간 벌어진 일들이 이들의 심신을 이토록 초췌하게 만든 것이었다.

선장을 버리고, 계도를 놓고 정법을 위해 기꺼이 살업을 두 손으로 움켜쥔 자들. 그때 그들에게는 굳이 생각할 것이 없었고, 생각할 이유 또한 없었다.

그저 맡은 바 사명을 일심으로 봉행할 뿐이었다. 그 사명에 추호의 의심도 가져본 적이 없었다.

그러나 지금의 그들은 한없이 무력하고 무력했다.

“……”

“……”

누구도 입을 열지 않았다. 허름한 객방이라 외풍이 서늘했다. 방 한가운데에 밝혀놓은 작은 등불이 일렁였다. 외풍이 서늘하다 하지만 여기의 누가 추위에 몸을 떨까.

허름한 승복 자락 사이로 드러난 그들의 몸은 바위와 같은 굳건함이 여전했다.

혼란하다, 무력하다 해도 그들의 덩치는 역시 여전했다. 그리 크지 않은, 아니, 차라리 비좁다 해야 할 쪽방에 이들 나한들이 옹기종기 모여 앉아 있으니 벽이 안 터져 나가는 것이 다행이었다.

문득, 누군가가 말했다.

“방이 비좁군.”

“……”

멍하니 답 없던 나한들의 시선이 그에게 모였다. 모이기는 했으되 누구도 먼저 입을 열기 어려운 때였다. 이 시점에 저런 쓸데없는 말이라니.

말을 꺼낸 나한은 바라보는 시선들을 이기지 못하고 슬그머니 고개를 돌렸다.

그렇지만 내내 이러고 있을 수도 없는 것이 사실이었다.

가만히 한 나한이 입을 열었다. 백팔의 금강나한의 수장인 금좌나한이었다.

"전주, 방장 대리의 밀명(密命)은 모두 알고 있겠지?"

"……."

금좌의 낮은 목소리는 무게감으로 가득했다. 다른 나한들은 굳이 대꾸하지 않았지만, 눈가에는 꺼리는 기색이 고스란히 떠올랐다.

"으음."

말을 꺼낸 그 자신 또한 마뜩치 않으니 그들을 딱히 달래고자 할 수도 없었다.

천하의 귀인들이 올 터이니 그들에게 길을 안내하라 하였다. 백 번을 양보한다 하여도 그것은 금강나한이 할 일은 아니었다.

천년 소림의 긍지이자 자랑인 나한들이다.

그런 그들이 어찌 길잡이의 역할을……. 하지만 또 한편으로는 이해하는 바였다.

그 길이라 하는 것이…….

'사특한 재세마인, 그가 부리는 역천의 업을 직접 감당할 분들일세.'

역천의 업이라 함이 무엇인지 금좌를 비롯하여 금강나한
들은 능히 짐작할 수 있었다.

강시를 뜻하는 것이 분명했다. 삼백여 구의 강시.

그렇다면 그곳을 기억하는 금강나한들이 움직이는 것은
당연할 터.

하지만 금좌는 그들을 찾아와 넌지시 말을 건네는 보각의
모습을 다시 떠올렸다.

방장께서 쓰러지신 후 보각은 방장 대리로서 마인과의 일
전을 결하며 대성회를 선포했다.

하지만 그 뒤로 선방에 틀어박힌 채 두문불출이었다.

무엇을 하려는지, 무엇을 하고자 하는지 알 수 없었다. 그
는 수많은 향을 지독시리 태웠다. 그러하더니 또 불과 몇 날
이 지나기도 전에 다시 당당한 모습을 드러내니.

종잡을 수가 없었다.

어느 쪽이든 이전과는 크게 다른 모습이었다.

무엇이 다른지 되짚어보지만 확실한 것은 없었다. 다만 미
심쩍을 뿐이오, 불안할 따름이었다.

금좌는 하나같이 찌푸린 얼굴을 하는 나한 사제들의 면면
을 바라보았다.

"아무래도… 방장 대리의 상태가 이상하다 생각지 않느냐?"

그는 조심스레 말문을 열었다. 나한들의 눈이 그에게 향했
다. 그러자 한 나한이 고개를 끄덕이며 말했다.

"음, 두문불출하시던 분이……."

"그보다는 방장께서 쓰러지신 이때에 대성회라니요?"

그러하니 곧 다른 쪽에서 또 누군가 반대의 말을 내뱉었다.

"어허, 이런 때일수록 더욱 대성회를 열어 소림의 건재함
을……."

"소림은 그 자체로 충분합니다. 어디서 또 건재함을 찾으
신답니까."

한번 열린 입들은 기다렸다는 듯이 하나둘 튀어나왔다. 죄
혼란한 심정의 반증이었다.

먼저 입을 열었던 금좌는 입을 꾹 다문 채 오가는 대화들을
듣고 있었다.

"무슨 생각을… 하십니까?"

"…아니, 아무것도. 그저… 그저……."

누군가의 의문에 금좌는 고개를 가로저었다. 그는 말을 끝
맺지 못했다.

바라보는 눈길에 의문이 어렸다. 무슨 말을 하고자 함인
가. 금좌는 머뭇거리는 이에게 말했다.

"보시오, 금좌 사형. 나한이 나한에게 못할 말이 무어 있소
이까."

“……”

넉살 좋게 싱긋 웃는 얼굴로 넌지시 말을 건넸다. 말은 않고 지켜보는 모습이 안타까웠는가. 그러나 금좌나한은 쉽게 입을 열지 못했다.

여러 나한들은 기다리는 눈으로 그를 보았다.

“…아무리 생각해도….”

그는 결국 숨죽인 목소리로 천천히 입을 열었다. 그는 숙인 고개를 가만히 들어 올렸다. 좁은 객방에 가득한 나한들 하나하나의 모습이 그의 눈에 고스란히 들어왔다.

긴장한 얼굴, 갑갑해하는 얼굴.

금좌나한은 차분히 말했다.

“탕마전주, 방장 대리야말로 지금 심마중(心魔中)에 다시 빠진 듯하네.”

“……”

나한들은 잠시 말이 없었다. 그들은 벌어진 동공으로 말한 이를 바라보았다. 하지만 누구도 나서서 입을 열지는 않았다.

그들도 어렴풋이 이상한 점을 느끼고 있었기 때문이다. 다만, 누구도 먼저 나서서 입을 열지 못했을 뿐이다.

말 그대로 어렴풋이.

어찌 그런가 하고 물으면 답할 말이 곤궁하였다. 계인이 뚜렷한 그들 머리에 식은땀이 점점이 맺혔다.

"하면 무얼 어찌하면 좋겠습니까?"

오랜 침묵 끝에 다른 나한이 압을 열어 물었다. 말을 꺼낸 금좌나한을 비롯하여 이 자리의 모든 나한들이 그를 바라보았다.

그는 담담한 모습으로 다시 물었다.

"방장 대리가 심마중에 다시 빠져들었다고 하더라도 우리가 무얼 어찌해야 하겠습니까?"

"우린 무얼 어찌해야 좋을 텐가."

"그건……"

머뭇하던 나한은 고개를 숙였다.

그들은 소림의 살(殺)이었다. 언제나 소림의 그늘에서 묵묵히 금광을 발할 자들이었다. 그들의 권이, 그들의 살이 소림을 향할 수는 없는 일이었다.

침묵이 다시금 내려앉았다. 누구도 확신할 수 없는 일. 하지만 누구도 짐작하고 있는 일이었다.

이대로는 안 된다는 것을 이 자리에 모인 나한들 모두 예감하고 있었다. 그러하기에 이리 모인 것이 아닌가.

무엇을 어찌해야 하겠는가. 자리를 떨치고 일어나야 할 것인가, 아니면 얌전히 몸을 웅크려야 하겠는가.

철탑과 같은 금강나한들이었지만, 사마외도 앞에서 추호의 머뭇거림도 없는 그들이었지만 지금은 누구도 말하기를 저어했다. 등잔 불빛이 일렁임에 굳은 나한들의 얼굴에 그림자가 일렁였다. 굳은 얼굴은 번뇌 그 자체였다.

"내가 나서보겠네."

오랜 침묵 끝에 금좌나한이 입을 열었다. 다른 나한들이 흠칫하며 눈을 돌렸다. 놀란 눈들을 하고 있었다. 어찌 금좌가 직접……. 그러나 그는 어떤 반대의 말도 듣지 않겠다는 듯 단호한 얼굴로 다시 입을 열었다.

"내가 나서보겠네."

"괘, 괜찮으시겠습니까, 금좌 사형?"

걱정으로 가득한 모습이었다. 금좌는 도리어 쓰디쓴 미소를 머금고 말했다.

"내 재세마인이라 하는 자. 그가 진정 마인인지 눈으로 담아보려 하네."

"강시를 부리는 자입니다. 망자의 육신을 편안케 하지 않고 제 뜻으로 부리는 자입니다. 그런 그가 마인이 아니라 보십니까?"

"그래, 그건 분명 정이라 할 수는 없겠지. 하지만 그가 진정 악인지 마인지 내 우둔하여 단정할 수가 없어."

"마란 본래 그러한 것 아닙니까?"

또 다른 나한이 항의하듯 말했다. 금좌는 고개를 끄덕였다.

"그래, 그렇다 하더라. 그러하나… 소림의 살이 불확실함을 향할 수는 없는 것이다. 하물며……."

그는 입을 다물었다. 더 말하지 않았다. 무엇을 말하고자 하는지 굳이 말할 필요는 없었다.

이끄는 이가 도리어 심마중이라 한다면.

나한들은 부리한 눈을 흐트러뜨리며 고개를 돌렸다.

따지자 하면 다르지 않았다. 이환이라 하는 자가 마인인지 그렇지 않은지, 방장 대리라 자처하는 보각이 심마중인지 그렇지 않은지.

불확실성에 나한들은 향할 곳을 잃은 듯했다. 마인의 피습을 당하셨다고 하나 방장께서 내린 명은 하나였다.

잊으라.

납득할 수 없었지만 불복할 수도 없었다.

재세마인이라 칭한 그는 분명 나한들로서 감당할 수 있는 존재가 아니었다. 정작 그를 상대로는 나한들은 아무것도 하지 못했다.

나한진이 나한진 앞에 무너지던 그 순간이 아직도 선명했다. 눈을 감아도 창백한 낯의 인영들 모습이 또렷했다.

강시, 역천의 업인 강시를 부리는 자가 어찌 정도를 걸을까. 외칠 수 있을 것이다. 그렇지만 거꾸로 그에게 상했다는 이는 아무도 없었다.

무도하게 안으로 뛰어들려 한 자신들 외에는 말이다.

무엇이 마도이고 무엇이 정도일까.

금좌는 고개를 흔들었다. 그는 스스로의 혼란함을 굳이 감추지 않았다. 다른 나한들의 심정도 그와 크게 다르지 않은 까닭이었다.

문득 불빛을 앞으로 하고 몇몇이 손을 번쩍번쩍 치켜들었다.

"그렇다면 소승도 따라나서겠습니다."

"소승도 함께하겠습니다."

"허어, 이 사람들."

금좌는 그만두라는 말은 못하고 흔들리는 눈으로 나한 사제들을 바라보았다.

가슴에 와 닿아 뭉클한 이것은 무언가.

새벽안개 짙을 무렵, 일단의 백의인들이 숭산 아래로 모여들었다. 그들이 누구인지 아는 이는 아무도 없었다. 그들은 다만 숭산 앞에서 누군가를 잠시 기다렸을 뿐이다.

죽립을 깊이 눌러쓴 몇몇의 승인들이 그들과 합세했다.

백의인들은 그들 승인들과 흔한 인사의 말 하나 나누지 않았다.

그들이 방장 대리가 말한 귀인이라 하는 자들이었을까.

　방장 대리의 뜻을 좇아 승인들은 급한 걸음으로 숭산 자락을 밟고 내려갔다.

　그가, 그리고 그들이 향하는 곳은 숭산에서 제법 먼 곳이었다.

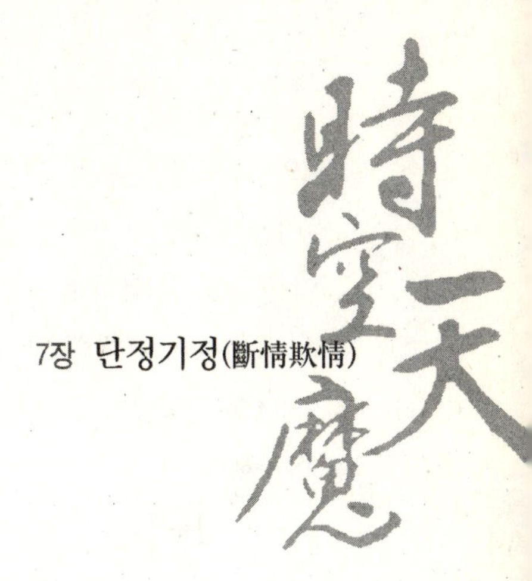

7장 단정기정(斷情欺情)

정을 끊어냈다 하나, 스스로를 속일 뿐이다.

"그놈은 대막에 있다."

이환은 말과 함께 그림을 그녀 앞에 던졌다. 위성사진을 그녀가 이해할 수는 없었다. 마치 눈앞에서 그를 보는 듯 조금의 차이도 없었다. 수염이 덥수룩하여 사람 좋은 얼굴을 하고 있었다.

보기가 무섭게 생기없는 눈동자에 불똥이 튀어 올랐다. 그녀 심정을 읽었는지 그러쥔 옥루검이 미미하게 울었다.

“으, 으으…….”

“지금의 너로서는 당해낼 수 없다.”

악문 신음을, 검의 울음을 이환은 한마디로 잘라냈다. 임관홍은 흠칫하여 고개를 치켜들었다. 흘러내린 머리카락 사이로 그녀의 눈동자가 또렷했다. 이환은 감정없는 눈으로 그녀를 마주했다.

그는 사실을 말하고 있었다. 짐작이나 예측 따위가 아니었다. 임관홍의 부릅뜬 눈은 곧 힘을 잃어갔다.

“더, 더 연마하면…….”

“너로서는 백 년을 연마해도 안 돼.”

더듬거리는 임관홍에게 이환은 싸늘했다.

“이자를 끌어내기 위해서 필요했던 건가. 금도.”

임관홍은 이환을 올려다보았다. 그의 손에 어이없이 잘려나가던 금도의 모습이 떠올랐다.

임관홍은 부정하지 않았다. 그라면, 그의 탐욕이라면 얼마든지 나타날 것이라 생각했다. 하지만 설마 대막일 줄이야.

대막은 먼 곳이었다.

“…….”

임관홍은 자리에 털썩 주저앉았다. 모든 것이 허망함으로 밀려왔다. 그녀는 두 손으로 얼굴을 감싸 쥐었다.

작은 어깨의 떨림. 애처로울 법도 하건만, 내려다보는 이환의 눈에는 조금의 감정도 없었다.

그는 한 가지를 꺼내 들었다. 한 뭉치의 프린트 물이었다. 그림과 한문으로 빽빽했다.

무릎 위에 던져진 묵직함에 임관홍은 멍하니 고개를 들었다.

"이, 이건……."

"마음대로."

이환은 더 이상 임관홍을 보고 있지 않았다. 그는 바로 몸을 돌려 밖으로 나갔다.

자동문이 닫히기 직전, 이환은 흘깃 뒤를 돌아보았다. 임관홍은 자리에서 벌떡 일어났다. 프린트 물이 바닥에 흩어졌다.

"아!"

찰나에 불과한 눈 맞춤. 아무런 감정도 담기지 않은 눈이었지만, 그 눈길에서 임관홍은 종언을 느낄 수 있었다.

아니, 그것은 저의 착각이요.

착각일 것이요.

하지만 여인의 직감이란 때론 불가해한 영역까지 도달하곤 하는 법이다. 깨달은 자가 하늘을 살펴 천기를 헤아린다 하나 여인들은 그저 사람을 보면서 제 앞을 예측할 수 있는 존재들이었다.

짧은 스침. 한 번의 눈 마주침이었다.

그렇지만 그 여파는 임관홍에게 크게 다가왔다. 그 눈은 마치 이것이 마지막이라고 작별을 고하는 듯했다.

물론 지나친 생각일 수도 있었다.

하지만 설사 지나친 생각일지라도 더 이상 이렇게 있을 수 없다는 것을 임관홍은 잘 알고 있었다.

임관홍은 스스로의 부족함을 잘 알았다. 이환은 그녀가 가까이 할 수 없는 존재다. 아니, 그는 애초부터 어떤 애정의 상대가 될 수 없는 사람이었다.

실상 그것을 깨달았기에 절망했고, 그것을 깨달았기에 다시 일어설 수 있었다.

그리고 지금 마음을 결정할 수 있었다.

임관홍은 탁기를 토해내며 눈을 떴다.

불과 며칠 전에 비하면 정말 좋은 얼굴이었다. 비록 눈 아래 우묵한 자국은 여전했지만.

그녀는 쓸쓸한 눈으로 앞에 위치한 거울을 바라보았다.

거울에 비친 그녀의 얼굴은 스스로가 보기에도 초췌했다. 가만히 손을 들어 얼굴을 쓰다듬어 본다.

남장의 모습으로 강호를 종횡할 때에는 그다지 신경 써본 적이 없었다. 이렇게 경면을 마주한 것도 생각해 보면 드물었다.

앞의 경면은 고급의 동경보다도 훨씬 밝고 선명했다. 신인의 터전이니 당연한 일이겠지.

철로 된 인형이 어떤 시중이든 들어주는 곳이니 이 정도에 놀랄 것은 없었다.

지금 이환은 자리에 없었다. 임관홍은 멍한 얼굴로 손을 들어 얼굴을 더듬었다. 그러고 보니 언제 이렇게까지 야위었던가. 그녀는 제 볼을, 거죽 아래 도드라진 광대뼈를 쓰다듬으며 생각했다. 이 정도까지는 아니었는데. 임관홍은 망연한 얼굴로 거울 속 자신의 모습을 바라보았다. 시간이 얼마나 흘렀을까.

그녀는 문득 생각났다는 듯 몸을 일으켰다. 운공으로 배출한 탁기로 냄새가 지독하다는 것을 잊고 있었다. 그녀는 이제 능숙하게 욕실을 사용할 수 있었다.

사시사철 데울 필요도 없이 따뜻한 물이 나오는 욕조라는 물건이 신기했다. 너무 뜨겁지도 않은 온수가 한가득 차올랐다.

"준비하고 있었습니다."

이제는 익숙해진 목소리와 함께 가사 로봇이 들어왔다. 그러자 임관홍은 어색하게 웃으며 말했다.

"아니, 이제는 나, 나 혼자 할 수 있어요, 철선고(鐵仙姑)."

“……”

가사 로봇은 대꾸하지 않았다. 그저 기계 팔로 임관홍의 옷자락을 잡고 있었다.

“아니, 혼자… 괜찮은데…….”

“……”

가사 로봇의 말없는 압박에 임관홍은 더 저항할 수 없었다. 그녀는 가만히 몸을 돌렸다. 그제야 가사 로봇의 팔이 유연하게 움직이기 시작했다. 옷고름을 풀고 벗긴다.

임관홍의 수줍은 나신이 드러났다. 욕조에 가득한 온수로 넓은 욕실은 이내 뿌얀 수증기로 차올랐다.

가사 로봇의 인도로 임관홍은 욕조 속에 몸을 담갔다.

한바탕 격한 움직임과 운공 뒤인지라 온수가 안겨주는 노곤함이 한층 짙었다.

그녀는 고개를 뒤로 기대며 편안히 누웠다. 참방이는 소리가 귓가에서 울렸다. 그리고 소리는 점점 멀어졌다.

임관홍은 소리를 들었다. 그것은 울음소리였다.

‘으앙… 으아아앙!’

어린아이의 울음소리가 분명했다. 어디서 들려오는 거지? 임관홍은 고개를 들었다. 사방이 어둑했다. 그녀는 잠시 멈칫했다. 이곳이 어딘지 알 수가 없었다.

그녀는 몸을 일으켰다. 주르륵 하는 소리와 함께 몸을 담그고 있던 물줄기가 쏟아졌다.

내내 온기 속에 있었기에 일어서기가 무섭게 오싹한 한기가 밀려들었다. 임관홍은 부르르 몸을 떨었다. 그 와중에도 아이의 울음소리는 멀리서 들려왔다.

"으아아앙! 으아아아앙!"

임관홍은 울음소리를 향해서 발을 움직였다.

찰박찰박.

고인 물가를 밟아가는 발소리는 신중했다. 하지만 그도 잠시, 그 소리는 점차 급박해졌다.

파파파팍!

밟히는 물이 거칠게 튀어 올랐다. 임관홍은 젖은 옷자락이 휘감기는 것을 무시했다. 그저 물이라 생각했던 발밑 웅덩이는 점차 깊어가며 그녀의 급한 발을 붙잡기 시작했다.

물이 아니라 진창이었다. 진창이 아니라…….

"헉!"

임관홍은 앞으로 고꾸라질 듯했다.

급히 신형을 바로 가누었다. 그녀는 놀란 눈으로 무릎까지 휘감은 검은 물을 다시 보았다.

피, 피, 피.

어두웠지만 임관홍은 지금 알 수 있었다. 코를 찌르는 비릿한 냄새는 틀림없이 피였다.

그것도 사람의 피.

"으아아아앙! 으아아아앙! 아빠아아!"

다시 울음소리가 들려왔다. 당혹감에 굳어 있던 임관홍은 고개를 치켜들었다.

"아, 안 돼."

그녀는 부지불식간에 중얼거렸다. 그녀는 급히 몸을 일으켰다. 아니, 일으키려 했다. 그 순간이었다.

"헉!"

그녀의 입에서 놀란 신음성이 터졌다. 고요하던 진창이 갑작스레 솟구치며 그녀의 사지를 옥죄어온 것이다.

"크욱!"

임관홍은 이를 악물었다. 이 속박을 벗어나야 한다. 그녀는 일심으로 공력을 일으켰다. 하지만 요지부동. 움직이지 않았다.

그사이 울음소리는 더욱 절절한 통한을 담아갔다.

"으으윽! 으아악!"

임관홍은 이를 악물었다. 그녀는 온 힘을 다했다. 그때였다. 눈앞의 광경이 한순간 뒤바뀌었다. 멀었던 울음소리가 바로 눈앞에 높이 울렸다.

화르륵!

검은 진창에 붉은 불길이 일었다. 불길은 단출한 장원을 휩싸고 타올랐다. 그리고 바로 몇 걸음 앞에 아이가 있었다. 어린아이. 머리카락은 갈래지고 고운 색동옷을 입었다. 아이는 작은 인형을 품에 꼭 끌어안은 채 소리 높여 울었다.

"아, 아아!"

임관홍은 아이가 누구인지 알 수 있었다. 그 아이는… 그렇다면 이곳은…….

익숙한 곳이었다. 어찌 보는 순간 알지 못했을까.

항주 임가장, 그리고 그날의 광경이 분명했다.

"홍아를 데리고 피해! 어서!"

힘을 다한 외침이 높이 울렸다. 임관홍은 반사적으로 고개를 돌렸다. 그곳에 피투성이의 장년인이 검을 그러쥔 채 있었다.

"아, 아버지!"

"아빠아아!"

"홍아야, 안 돼!"

장년인은 울부짖었다. 아이가 앞으로 달려나가려 했다. 임관홍의 바로 옆이었다. 그녀는 아이의 팔을, 자신의 팔을 잡으려 했다. 그러나 얽어맨 진창의 속박은 손가락 하나 움직일 수 없게 만들었다.

"이거 놔! 안 돼! 이건 놔!"

"홍아야!"

임관홍의 울부짖음과 동시에 장년인의 비명 같은 일갈이 높이 울렸다. 그 순간 멈췄다.

목이 높이 날았다. 그 목, 그 목.

목이 바닥에 떨어지기가 무섭게 온몸을 옭아맸던 진창의 속박이 스르르 풀려 나갔다.

임관홍은 힘을 잃고 앞으로 털썩 쓰러졌다. 그녀는 엎드린 채 고개만 들어 앞을 바라보았다. 바로 앞에 아이가 있었다.

그 너머 목 잃은 중년인이 그대로 서 있었다. 그날이었다. 그날……

"아… 아아……."

임관홍은 부들 떨리는 손으로 앞으로 기었다. 앞에 선 아이를 향해 손을 뻗었다.

그때였다. 아이가 끌어안고 있던 인형의 고개가 덜컥 기울어졌다. 인형은 말했다.

"다 너 때문이야. 너 때문이야."

"으으, 으아아악!"

"아악!"

임관홍은 비명을 내지르며 눈을 치떴다. 하얀 이곳은 그녀가 몸을 담근 욕실이 분명했다.

"아, 아아……."

임관홍은 아직 온기를 잃지 않은 온수 속에서 헐벗은 제 몸을 감싸 안았다. 떨림이 가시지 않았다.

떨림이.

"으… 으으……."

악문 잇새로 신음이, 울음이 새었다.

그녀는 지금 혼자였다.

"임관홍님."

가사 로봇의 목소리가 들렸다. 그러나 임관홍은 반응하지 않았다. 그저 젖은 어깨를 부르르 떨고 있을 뿐이었다.

이환은 오지 않았다.

*   *   *

관무언은 수염을 긁적였다. 손가락을 가만히 살피던 그는 곧 엉거주춤 몸을 일으켰다.

"뭔 일 없나?"

그는 무료했다. 서책이나 강호 기담은 더 이상 눈, 귀에 들어오지 않았다. 이환을 본 뒤로 내내 그러했다.

눈을 감으면 이환의 검은 모습이 고스란했다. 그러하니 곁에 있을 내 손녀는 또 속이 어찌할꼬.

괜히 보냈다. 무료함은 또다시 후회로 뒤바뀌었다. 벌써 몇 날째 이러고 있는 건지.

관무언은 평생에 가장 한심한 순간이었다.

그는 턱을 괸 채 푸르르 입술을 떨었다.

"젠장, 내 설마 이 나이에 이리 궁상을 떨 줄이야."

강호제일 현자라는 자신이 말이지, 총기와 지혜로 반짝이던 눈동자가 그저 무력과 무료로 탁하기만 했다. 실로 답답한 노릇이지만 지금 관무언에게는 무얼 하고자 하는 마음이 전혀 없었다. 그때였다.

망연히 주저앉아만 있던 관무언을 부르는 목소리가 있었다.

"할아버지."

"엥?"

당장에 관무언의 눈이 번쩍였다. 이 목소리는…….

"홍, 홍이냐?"

그는 벌떡 몸을 일으켰다. 문을 박차니 가옥 주변에 깔아놓은 진 너머로 임관홍의 모습이 있었다.

"끄으응."

관무언의 입에서는 절로 앓는 소리가 흘러나왔다. 너무도 초췌한 임관홍의 모습 때문이었다.

그럼 그렇지. 그럼 그렇지…….

안타까운 속을 가눌 길 없어라. 관무언은 터덜터덜 덩달아 힘없는 걸음으로 밖으로 나갔다.

그는 돌아온 손녀를 맞이하며 그저 미소 지을 뿐이었다. 요 몇 날 마음을 정하지 못한 것은 미답의 경지를 엿보았기 때문만은 아닌 것이다.

공연히 마음이 비었다 했거늘 다 너였구나. 너였어.

"할아버지."

자신을 마주하며 애써 미소 짓는 임관홍이었다. 그것이 도리어 관무언의 속을 쓰리게 했다. 저런 죽은 자의 얼굴을 하고서 웃음이 가당키나 하다던가.

관무언은 말없이 고개를 살래살래 내저었다. 저 물색없는 것이 그래도 할아비 걱정한다고 억지웃음 짓는구나.

"끌끌끌, 어여 들어오너라. 어여."

"……."

싸리문을 열고 관무언은 임관홍을 반겼다. 입가에 그린 쓰디쓴 미소로밖에 널 반길 수가 없구나.

임관홍은 조용히 고개를 가로저었다.

"떠나렵니다."

"떠나다니, 어디를 떠난다 하느냐?"

"…대막."

머뭇하던 임관홍은 고개를 숙이며 말했다. 관무언의 얼굴이 대번에 굳었다. 대막에 누가 있는지 알기 때문이었다. 더듬거리며 물었다.

"알았느냐? 어찌……."

"그가 말해주었습니다."

"…그렇구나."

관무언은 고개를 끄덕였다.

더 말릴 수가 없었다. 숨기고자 하여 숨긴 것은 아니었다. 보는 임관홍의 눈길에 책망의 기색은 없었다. 그저 처연할 따름이었다.

임관홍은 문득 눈을 돌렸다. 하늘은 푸르다. 그도 이 하늘 밑에 있을 것이다.

그래요. 그리워하는 것만큼은 마음대로 하라 하셨지요.

저는 그리워하렵니다. 그 끝이 얼마만한 고통이 있을지 솔직히 모릅니다. 하지만 소녀는 그저 그대를 그리워하렵니다.

그녀는 눈물을 담아 미소 지었다.

임관홍의 눈물 진 미소가 아련했다. 이환은 아무런 말도 하지 않았다. 어차피 화면 속의 일이었다. 그가 관여할 일이 아니었다.

그는 눈을 감았다.

떠난 그녀를 추억이다, 무엇이다, 그럴듯한 말 따위로 포장해 가슴에 담아둘 생각 따위는 없었다.

애초에 찾지 말았어야 할 인연이었다.

제 욕심에 저를 찾아왔으니 떠나는 것 역시 제 뜻대로 할 일이었다.

그것을 불쌍히 여기거나 동정할 생각은 추호도 없었다.

이환은 눈을 다시 떴다. 그 눈에 더 이상 임관홍의 잔재는 없었다.

"무궁화, 소림은."

—소림 #003, 소림 #005 영상 재생합니다.

말이 끝나기가 무섭게 여러 화면에 동시다발적으로 화면이 떠올랐다. 파파팍! 떠오른 화면들은 모두 소림 깊숙한 곳들이었다.

모든 화면마다 소림승들이 바쁘게 움직이고 있었다.

무엇을 하고자 하느냐.

이환은 눈을 가늘게 떴다. 그는 다시 모습을 드러낸 범계광불의 모습을 바라보았다. 이전까지 스스로 품은 번뇌에 뒤척이던 모습은 간데없었다.

고요함에 잔잔한 미소만을 머금은 채 뭇 지나는 소림승들에게 인사하고 그들 하나하나에게 정을 쏟는 모습이었다.

그러나 지금 이환의 눈에 비치는 범계광불의 모습은 폭발

직전의 폭탄과 다르지 않았다.

"…뭔가 있었다."

그는 짧게 중얼거렸다. 아직 이환은 반짝이는 빛 입자를 잊지 않고 있었다. 범계광불의 모습을 놓친 것은 고작해야 몇 시간. 하지만 그 시간 동안 범계광불은 큰 변화를 겪었다.

이전에는 두려움에 시끄럽게 짖어댈 뿐이었다면, 지금은 언제든지 폭발할 수 있었다.

하지만 어느 쪽이든…….

"개는 개지."

이환은 싸늘하게 중얼거렸다.

다른 화면이 떠올랐다. 뭇 소림의 중진들을 모아놓고 범계광불은 보각으로서 열변을 토하고 있었다.

"재세마인을 소림의 이름으로 징벌해야 마땅하오. 그는 실로 마인이외다. 탕마하여 혼탁한 속세에 정법을 바로세우는 것, 소림의 제자라면 당연한 일이오!"

"……."

보는 눈들은 가타부타 말이 없었다.

적어도 그들 눈에 비친 지금의 범계광불은 실로 천하의 앞을 걱정하는 승인 보각의 모습이었다.

그는 탕마전주로서 마무리 짓지 못한 탕마멸사의 기치를 다시금 높이 세우려 했다.

그러나 화면을 통해 보는 이환의 눈에 지금 범계광불의 모습은 무언가 홀린 듯했다.

그는 기계적으로 말하고 있었다. 눈가에 맺힌 열의는 단순한 광기가 아니었다.

재세마인을 벌해야 한다.

마인의 수족들을 벌해야 한다.

그들은 하늘이 용납지 않는 존재들이다.

범계광불이 가리키는 곳은 모용세가, 그리고 장가촌.

"……."

이환은 화면 너머 투박한 지도를 펼쳐 들고 있는 범계광불을 말없이 바라보았다.

석연치 않은 구석들이 있는 얼굴들이었지만, 범계광불의 잔잔한 모습에 그들은 더 반대를 하지 못했다. 게다가 그가 들고 있는 것은 장문지령 녹옥불장이 아닌가.

엄연히 소림의 일인으로 몸담고 있는 이상, 녹옥불장의 명에 감히 항거할 수는 없었다.

"대성회가 끝나면 그 여세를 몰아 단박에 이들 마졸 무리를 쳐야 할 것이오!"

범계광불은 새삼 얼굴을 굳히고 안광을 번뜩였다. 의식적으로 앞으로 한 녹옥불장.

장내의 승인들 눈이 모두 초록의 영롱한 빛을 발하는 녹옥
불장을 보았다. 그들은 씁쓸한 얼굴로 고개를 숙였다.

"방장… 대리의 뜻이 그러하다면……."

"…으음……."

침묵을 지키거나 마지못해 고개를 끄덕이거나. 그들의 반
응은 그러했다.

그의 시선을 피해, 녹옥불장의 모습을 피해 그들 모두 깊이
고개를 숙였다.

그러하기에 그들은 볼 수 없었다.

보각의 미소를, 아니, 범계광불의 미소를.

그 미소에서 화면은 멈췄다.

뚫어져라 바라보던 이환은 벌떡 자리에서 몸을 일으켰
다.

"그래, 기어코 칼을 겨누시겠다?"

이환은 싸늘함이 깊어 입꼬리를 비틀어 올렸다. 명백한 조
소 가득한 것은 살의였다.

두 눈이 스산하게 가라앉았다. 자흑의 안광이 섬전처럼 번
쩍였다.

정히 그렇다면 칼을 들기 전에 짓눌러 주마.

봐주는 것은 한 번으로 족해.

그는 찰나 드러낸 싸늘함을 바로 거두며 몸을 돌렸다. 이미

한 번 했던 걸음. 이환에게 숭산까지의 거리는 그리 멀지 않다. 하지만 그전에 할 일이 있었다.

바스락.
마른 풀잎이 발밑에서 바스러졌다.
"이곳에서부터는 실로 조심해야 할 것이오."
"……."
죽립을 눌러쓴 한 승인이 나직이 경고의 말을 꺼냈다. 그는 이곳을 기억하고 있었다.
그러나 그의 신중한 경고를 앞에 선 동행인들은 전혀 귀 기울이지 않았다.
그들은 백의의 무복을 걸치고 등에는 붉은 수실이 치렁한 보검을 똑같이 메고 있었다.
그들 수는 정확히 일백.
어떤 자들인지 승인은 알 수가 없었다. 자신의 말을 무시함에 분노는 일지 않았다.
한숨이 절로 솟았지만 승인은 대신 그러쥔 주먹을 부르르 떨 뿐이었다.
그는 소림을 나선 금강나한 중 하나였다. 그는 뒤로 처졌다. 백의인들은 아무런 거리낌 없이 앞으로 성큼 나아갔다.
나한은 눌러쓴 죽립을 슬그머니 들어 백의인들의 뒷모습

을 살폈다. 붉은 수실 자락이 좌우로 경쾌하게 흔들렸다.

도대체 어떤 자들인가.

알 수 없었다. 어디서 나온 이들인지조차 알 수가 없었다. 아니, 사람이기는 한 것인가.

"사형."

조심스런 목소리에 그는 고개를 돌렸다. 다른 금강나한들이 어두운 안색으로 서 있었다. 곤혹스러움을 감추지 못했다.

그들의 방자함에 싫은 기색을 드러낼 정도로 수양이 낮지는 않았다. 다만 이들은 이곳을 알고 있었다.

재세마인과의 첫 대면을 한 장소가 바로 이곳이 아니었던가.

그토록 스스로의 무력함을 절절하게 느낀 적이 없었다. 그는 씁쓸한 얼굴로 고개를 가로저었다.

"괜찮으십니까?"

걱정스레 묻는 사제들에게 금좌는 고개를 가로저었다.

"아미타불… 사제들, 일단 가세나."

"예, 사형."

앞서가니 나한들은 머뭇하던 발걸음을 다시 옮기기 시작했다.

금좌는 말없이 백의인들의 뒤를 따랐다. 저들은 어디서 온 자들인가.

그의 어두운 얼굴은 불길함에 밝아질 줄을 몰랐다. 돌연 소림을 찾아온 이들이다. 그리고 방장 대리는 그들을 반가이 맞이했다.

어떤 관계가 있는 것인가?

금좌로서는 짐작할 수가 없었다. 그것은 다른 이들도 마찬가지였다. 하지만 더 이해 못할 것은 그들이 받은 명이었다.

녹옥불장의 권위를 빌린 방장 대리는 이들을 이끌고 앞서가 재세마인의 저주받은 강시들을 처리하라 했다.

이들이라면 그 강시들을 능히 상대할 수 있다는 말을 덧붙였다. 납득하기 어려운 말이었다. 그 저주받은 존재들을 과연 이들이…….

솔직히 지금도 불신하는 마음을 저버리지 못했다. 수행하는 자로서 부끄러운 노릇이었지만.

그만큼 그날 강시들을 마주한 순간의 기억은 강렬했다. 금좌를 비롯한 뭇 나한들 모두 그때를 떨쳐 내지 못했다.

하지만 그들은 강시들에 대한 걱정은 하지 않아도 좋았다. 그들은 나서지 않았으니.

다만…….

"억!"

놀란 외침이 크게 울렸다. 방만한 모습으로 앞서나가던 백의인들은 그 외침에 짜증스런 얼굴로 고개를 돌렸다. 하지만 그들도 곧 눈을 치떴다.

그가 있었다.

"마, 마인!"

그것도 그들과 멀지 않은 곳이었다.

"……."

이환은 말없이 서 있었다. 그의 모습을 목격한 나한들은 절로 발걸음을 멈췄다. 아니, 얼어붙었다.

검은 모습은 그때와 전혀 다르지 않았다.

"재… 재세마인……."

입술을 비집고 흘러나온 목소리는 한숨과 다르지 않았다.

이환은 혼자 걸어나왔다.

나한들은 흔들리는 눈으로 급히 주변을 살폈다. 그렇지만 어디에도 강시의 종적은 찾을 길이 없었다.

이런 낭패가.

금좌를 비롯한 나한들은 어찌하면 좋을지 알 수가 없었다.

여기 일백의 백의인들은 강시들을 상대하고자 하지 않았던가. 주저하는 나한들에게 백의인은 짧게 말했다.

"물러서라."

그들은 나한들을 무시하고 앞으로 나섰다. 그들에게 소림의 금강나한은 그저 길잡이에 불과했다.

성큼 내딛는 그들이었지만, 옷자락 스치는 소리조차 들리지 않았다. 그들은 자연스레 이환을 중심으로 원진을 이루었다.

"발검!"

외침에 호응하여 그들은 등 뒤의 보검을 천천히 뽑아 들었다.

스르릉.

낮은 울림, 일백여 자루에서 동시에 흐르니 사뭇 오싹했다.

보검들은 그 몸을 보이기가 무섭게 보광을 번쩍였다. 당당한 그들의 모습을 이환은 가만히 보기만 했다.

"흥! 잡어를 잡으러 왔는데 월척을 만나게 될 줄은 몰랐다, 소마종(小魔宗)."

백의인들 중 하나가 싸늘하게 코웃음 치며 말했다. 그는 이환을 소마종이라 칭했다.

이환은 입을 연 그를 돌아보았다.

자신만만한 얼굴이었다. 그것은 다른 일백여 명도 똑같았다. 그저 들고 있는 것만으로도 날카로운 예기가 솟구치는 보검이 일백 자루였다.

그리고 그들은 천에게서 사사(師事)한 이들. 천을 제외하고 누가 있어 그들 천검위(天劍衛) 일백 명을 감당할 텐가.

그도 아닌 그의 후예 소마종 따위, 그저 우스울 뿐이었다. 그들 입장에서.

이환은 피식 웃었다. 그는 등 뒤로 손을 돌렸다. 그는 조소하며 말했다.

"오늘은 별로 무공 따위 겨룰 생각은 없어."

"무어라?"

이환의 말뜻보다도 여유로운 모습에 천검위들은 이맛살을 찌푸렸다.

이환은 고개를 돌렸다. 그의 눈길을 받은 것은 금좌를 비롯한 소림 나한들이었다.

"말했었지. 경고는 한 번뿐이라고."

이환은 그것을 꺼내 들었다.

지잉—

이질적인 소음과 함께 타오르는 푸른 검신이 모습을 드러냈다. 이환은 오랜만에 느끼는 임팩트 소드의 열기에 흐릿하게 미소 지었다.

그는 임팩트 소드의 모습에 눈을 치뜬 천검위들을 돌아보며 말했다.

"오늘은 그저… 죽이러 나왔을 뿐이다."

*　　　*　　　*

"아이고! 힘내라, 힘!"

장가촌의 마을 사람들이 한곳에 모여 초조함을 감추지 못했다.

"음머어어!"

소가 울었다. 난산이었다. 경험 많은 장 노인이었지만, 이런 상황에서는 어찌하면 좋을지 알 수가 없었다. 워낙에 어미 소가 노쇠하여 힘쓸 기력이 없는 탓이니.

"자아, 자아, 힘 내거라, 힘!"

장 노인은 그저 어미 소의 부른 배를 힘주어 문지르며 다독일 뿐이었다. 노인의 손짓에 어미 소는 움찔움찔 몸을 떨었다.

장가촌의 사람들은 모두 모여 발을 동동 굴렀다.

이환의 주변으로 늘어선 이들은 사람이되, 보이는 것은 오직 검광이 전부였다. 번쩍이는 격한 광채에 금강나한들조차 제대로 눈을 뜰 수가 없었다.

몰아치는 강렬한 기파에 먼지 앉은 가사 자락이 거세게 펄럭였다.

"그, 금좌 사형!"

"으음."

금좌만이 눈을 부릅뜬 채 펼쳐지는 광경 하나하나를 똑똑히 바라보았다.

이것을 무어라 해야 할까.

살육이라 하여야겠다.

이 광경을 무어라 해야 할까.

피바다라 하여야겠다.

백의인들은 그저 저들이 흘린 핏물에 젖어 몸을 뉘였다. 하나같이 치뜬 눈에 불신으로 가득했다.

그들은 자신들의 죽음보다 자신들의 무력함을 납득할 수 없었다.

'어, 어떻게… 그분의 공부가… 그분의 검이……'

생각은 더 이상 이어지지 않았다. 부르르 떨림이 가라앉으며 그의 고개는 철퍽 핏물 위로 떨어졌다.

이환은 짧은 숨을 흘렸다.

"후."

그는 조각난 용문 피풍의 자락을 내려다보았다. 흉험한 검기에 조금의 틈도 없었다.

강시들을 위해 뭇 천하에 산재한 뭇 검진들을 두루 살피고 겪었건만, 이와 같은 검진은 본 적이 없었다. 그들 수준에 맞춰 공력을 제한하긴 했지만, 임팩트 소드가 아니었다면 제법 고생할 뻔했다.

그들이 들고 있던 보검.

보통의 물건이 아니었다. 가히 신검이라 불릴 만했다. 그
래 봤자 임팩트 소드에 비할 수는 없는 일이었다.

이환은 흘깃 눈을 돌렸다. 얼어붙은 열여덟 나한이 있었
다.

"너희는 그것으로 좋으냐?"

이환의 한마디가 나한들의 폐부를 깊이 찔렀다. 뜬금없다
할 말이었다. 이해 못할 말이었다. 그러나 나한들은 고개를
들지 못했다.

부끄러움에, 무력함에.

그러쥔 주먹이 부르르 떨렸다. 악문 입술에 피가 배었다.
그러나 그들은 아무런 말도 할 수 없었다.

무엇을 두고 묻는지 그 의중을 꿰뚫을 수는 없었다. 하지만
그 한마디에 나한들은 수많은 상념을 지나 제 손으로 스스로
의 비겁함을 다시 끄집어내고 말았다.

그렇다. 이것은 비겁함이었다.

방장 대리라는 이름, 탕마전주라는 이름, 그리고 소림의 영
명이라는 허울로 스스로를 정당화하고 있을 뿐이었다.

방장 대리는, 탕마전주는 그를 재세마인이라 했다. 결단코
세상을 어지럽힐 존재라 외쳤다.

과연 그러한가.

마란 사특한 것. 올곧은 정심만이 그 사특함을 이겨낼 수 있으리라 외쳤다.

과연 그러한가.

지금 눈앞의 참혹함을 처음부터 끝까지 목도하였음에도 나한들은 그를 마인이다 말할 수 없었다. 그를 둘러싼 백의인들의 무도함을 보았기 때문이다.

제 동료를 베고 제 목을 베면서까지 달려들던 모습.

걸친 백의가 스스로의 피로 혈의가 되었음에도 전혀 개의치 않은 모습.

차라리 그들을 마인이라 해야 할 것 같았다. 그러하나 그런 이들을 홀로 감내한 저자는 또 어떠한가.

그는 스산한 눈으로 나한들을 바라보았다. 닳은 눈길에 어깨가 절로 떨려왔다. 그러나 그뿐, 그는 나한들을 다시 보지 않았다.

그는 말없이 발길을 돌렸다. 그냥 이대로 놓아두는 것인가.

참으로 재세마인이라면 응당 이 비루한 목숨 역시 거두어야 할 것이 아닌가.

혼란 속에서 참다못한 한 나한이 목소리를 높였다.

"그, 그대는 참으로 마인이시오?"

“마인? 마인이라······.”

등을 돌린 채 성큼 걷던 이환은 나한의 떨리는 물음에 고개를 갸웃했다. 그는 눈을 돌려 물은 나한을 바라보았다.

두려워하는 기색은 없었다. 그저 혼란한 눈을 하고 있을 뿐이었다. 다른 나한들도 크게 다르지 않았다.

“너희는 내가 사람으로 보이더냐?”

“무, 무슨 말장난을!”

“······.”

나한은 울컥하여 목청을 높였지만, 그 외침을 끝맺지는 못했다. 이환의 입가에 기묘한 미소가 맺혔다.

＊　　　＊　　　＊

“어이쿠! 이놈··· 이놈.”

장 노인은 환히 웃었다. 그는 더운 김을 풀풀 뿜어내는 송아지를 바라보고 있었다.

음매!

어미 소가 소리를 높였다. 탈진하여 그 큰 눈동자가 흐리멍덩했다. 장 노인과 마을 사람들은 다가가 소를 쓰다듬었다.

“고생했다. 고생했어.”

또 이렇게 새 생명이 나는구나. 장 노인은 흐뭇한 얼굴로 축사 한가운데에서 꿈틀거리는 송아지를 바라보았다.

힘겨운 모습이었지만 저도 살겠다고 열심히 바둥거렸다. 장 노인은 미소 지은 채 고개를 끄덕였다.

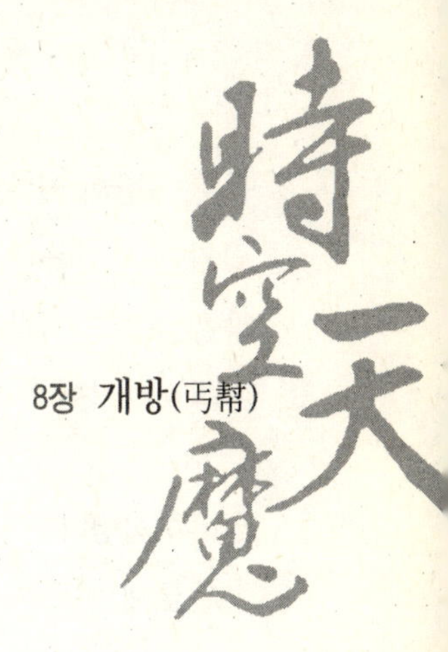

8장 개방(丐幇)

거지들은 바빴다. 개구반으로 소집까지 한 마당이다. 그냥 모여서 밥 먹고 흩어지자 할 수는 없는 노릇이었다. 걸왕이 저 난리를 치니.

구개장로들은 몇천, 몇만의 거지들을 이끌고 중원 곳곳으로 뿔뿔이 흩어졌다.

그 모양새는 정말 거지꼴이었다.

굳은 낯의 험상궂은 거지들 모습에 그렇지 않아도 위험천만하던 강호 무림이 시끄러웠다.

느닷없는 소림의 대성회라 웅성거리는 강호였다. 그에 맞

물린 개방의 커다란 움직임은 위태함을 더욱 부채질했다. 그렇지만 자신들과 관계없는 일이라면 괜스레 들쑤시고 싶지 않은 것이 인지상정(人之常情)이었다.

그러하기에 아직 강호는 조용했다.

"......."

아직이었다.

관로에 가득한 거지들을 바라보는 눈동자는 심각하게 흔들리고 있었다. 거지 몇이 있는 것이야 크게 생각할 일이 아니었다.

무림의 귀라 자처하는 개방이니. 그렇지만 지금의 숫자는 분명 문제가 있었다.

개방에 큰 회합이 있다는 말은 들었지만 설마하니 그들 중 일부가 이곳까지 들어설 줄이야.

고방(高龐)은 슬그머니 고개를 뒤로 빼며 찌푸린 낯을 더욱 일그러뜨렸다. 단정한 수염 자락에 마른 잎가지가 들러붙어 있었다. 그는 최대한 숨죽여 그곳에서 벗어났다.

그는 숱 많은 머리를 벅벅 긁었다. 난감한 기색이 역력했다.

이곳은 본문, 정무관의 영역이었다. 소림 속가 무문의 하나로써 제법 강호에서 행세해 왔다.

고방 그 역시 호표권각(虎豹拳脚)이라 이름을 떨치는 고수

중 한 사람. 실로 몇십여 년 만에 벌어지는 소림대성회에 참
여하려는 길이었다. 한데 앞마당에서부터 길이 막힌 셈이었
다.

　평소라면 그러려니 할 일이었지만, 그도 귀가 있었다. 세상
의 불안을 모를 리 없었다.

　당장 저가 속한 소림 일문도 위태하다 하는데.

　고민이었다. 과연 이대로 나아가도 좋을지 쉽게 생각할 일
이 아니었다.

　그는 습관처럼 수염뿌리를 벅벅 긁었다.

　'이럴 줄 알았으면 어떻게 개방 형제들과 안면이라도 터놓
을 것을……'

　고방은 짧게 혀를 차며 눈을 돌렸다. 그는 급히 발길을 돌
렸다. 다른 속가 무문들은 어찌하고 있을지 그는 궁금했다.

　이것은 비단 정무관만의 문제가 아니었다. 멀든 가깝든 소
림으로 향하는 뭇 길목마다 개방 거지들이 몰려 앉아 있었다.

　그들이 딱히 방해하거나 행패를 부리는 것은 아니었다.

　하지만 꺼리는 마음이 있으니, 소림 속가들 중 길 떠난 이
들이나 떠나려 하는 이들 태반이 발이 묶이고 말았다. 그 알
길 없는 고방은 그저 정무관으로 걸음을 서두를 뿐이었다.

　그가 숨었던 자리, 부스럭거리는 소리가 들리더니 때가 꼬
질꼬질한 중년 거지 하나가 모습을 드러냈다. 검은 얼굴과 달

리 멀리 고방을 보는 눈동자는 반짝였다.

그는 얼굴을 구기며 툴툴거렸다.

"아, 진짜… 이러다가 소림에서 난리 치면 어쩌라고."

아직까지 별 탈이 없다지만, 자리한 거지들도 속은 편하지 않았다. 소림의 일에 은근히 훼방을 놓는 것과 다르지 않으니.

일개 분타주에 불과하니 방주의 명과 총타의 결정에 무턱대고 들이댈 수는 없었다. 중년 거지는 걸쭉하게 욕지거리를 한 사발 토해놓고는 다시 어기적어기적 걸음을 돌렸다.

여하간에 소림의 대성회는 시작하기도 전에 순탄치 못했다.

걸왕은 속속 들어오는 개방도들의 바쁜 보고에 촉각을 곤두세웠다. 들려오는 모든 보고에 중간 과정은 없었다.

하나같이 들려오는 것은 소림 속가 누가, 혹은 어느 문파가 어느 곳에서 멈췄다는 것이었다. 걸왕이 진정으로 원하는 정보는 아직 오지 않았다.

그는 총타에 앉아 눈을 꼭 감고 있었다. 구개장로들이 자리를 비웠으니 지금 그가 성질을 내면 말릴 사람이 없었다.

"…저… 끝인데요."

조심스런 목소리가 들려오자 걸왕은 대답 대신 손을 들어 보였다.

“…….”

그 모습에 열심히 입을 놀리던 거지들은 어리둥절했다. 무슨 뜻인지 이해하지 못한 것이었다. 걸왕은 아무도 반응이 없자 슬그머니 눈을 떴다. 다들 멍한 눈으로 자신을 보고 있었다.

“이런 밥통들 같으니! 알았으니까 물러들 가라고!”

어디의 누구처럼 좀 해봤는데 저 어벙한 모습들이라니. 걸왕은 고개를 흔들었다. 그 속을 알 길이 없으니 거지들은 어깨만 으쓱거리며 관제묘 밖으로 나섰다.

걸왕은 버럭 소리쳤다.

“아! 문 닫아, 이놈들아!”

여기저기서 바쁘게 들락거리고, 바쁘게 떠들던 제자들이 모두 나가자 관제묘 안은 고요했다.

걸왕은 눈살을 찌푸린 채 굳게 닫은 관제묘의 허름한 문짝을 가만히 바라보았다. 그는 곧 심각한 채 굳어 있던 얼굴을 두 손으로 잡아당겼다.

“아고고, 얼굴이야. 옘병, 멋 좀 내보려고 해도 도와주는 것들이 없어. 밥통 같은 놈들. 쳇.”

걸왕은 어린아이처럼 툴툴거렸다. 그는 벅벅 머리를 긁었다.

“이게 다 구개장로 그 아홉 놈들 때문이야.”

터무니없는 트집을 잡고는 걸왕은 자리에서 몸을 일으켰다. 바닥에 놓인 거적에서 부스스 먼지가 일었다.

“소림… 구린내가 나, 구린내가. 정말 커다란 뭔가 있는 게 분명한데…….”

암제라 하는 자의 말을 전부 곧이곧대로 믿는 것은 아니지만, 그렇다고 외면하기에는 너무나 큰 말이었다.

걸왕은 가라앉은 눈으로 썩어가는 나무 벽을 바라보았다. 그 사이로 어두워지는 저녁 무렵 하늘 녘이 눈에 들어왔다.

걸왕은 문득 뒷짐 진 채 어기적어기적 걷기 시작했다. 힘없이 흐느적거리는 걸음으로 걸왕은 몇 번이나 넓은 관제묘 안을 맴돌았다.

별것 아닌 듯 흐느적거리는 걸음이었지만, 순의 거듭될수록 관제묘 안에 이는 기파가 심상치 않았다. 스스로의 생각 속에 빠져든 듯 걸왕은 고개를 들지 않았다.

찌푸린 얼굴 그대로 입술만 달싹였다. 무어라 중얼거리는지는 굳이 귀를 기울이지 않아도 알 수 있었다.

소림, 소림, 소림…….

끝에 걸왕은 흐느적거리는 걸음을 멈추었다. 그는 숨을 내쉬며 고개를 들었다. 듬성한 수염 사이로 복잡한 목소리가 짧게 흘렀다.

"암제라……."

"나를 찾는가?"

"젠장!"

뒤에서 뜬금없이 목소리가 들려왔다. 조금의 감정도 찾을 길이 없었다. 걸왕은 대뜸 욕지거리를 내뱉었다. 누군지 굳이 돌아볼 필요도 없었다. 또 누가 있어서 이딴 목소리를 낼꼬.

"여기가 네놈 집이냐, 마음대로 들락거리게?"

걸왕은 그렇지 않아도 구긴 얼굴을 더욱 찌푸리며 짜증스레 쏘아붙였다. 걸왕의 자리에 앉은 이환은 눈 하나 깜빡하지 않았다.

그가 있고자 하는 곳에 그는 있을 뿐.

이환은 담담한 눈으로 일그러진 걸왕의 눈초리를 마주했다. 시선이 마주치자 걸왕은 늙은 눈에 더욱 힘을 주었다. 어디 해볼 테면 해보아라 하는 심보가 솔직했다.

삐쩍 마른 가슴팍을 잔뜩 내밀고 노려보는 데에 그 모양새가 사뭇 우습다. 그러나 이환의 모습에는 조금의 미동도 없었다. 오래도록 계속될 것 같은 눈싸움이었지만, 실지로는 촌각에도 미치지 못했다.

"끄응."

걸왕은 앓는 소리를 길게 늘어뜨리며 바짝 힘이 들어간 고개며 어깨를 축 늘어뜨렸다.

'에이, 옘병. 이 나이 먹고 한다는 짓이 저 어린것이랑 눈 싸움이냐. 에이, 쪽시려.'

걸왕은 구시렁거리며 이환 앞에 털퍼덕 주저앉았다. 그는 턱하니 턱을 괸 채 이환을 향해 손가락을 까닥거렸다.

"자, 읊어봐."

걸왕의 태연스런 태도에 이환의 입가가 슬그머니 올라갔다. 무표정한 눈은 그대로인데, 입꼬리만 올라가니 그대로 섬뜩할 광경이었다.

그러나 앞에서 걸왕은 태연자약했다. 그는 건들거리는 모습으로 이환의 입이 열리기를 기다렸다.

'저런 놈은 죽이고자 하면 가릴 것 없이 죽일 놈이지. 날 건들지 않는다는 것은 건드릴 이유가 없다는 것이니까.

사뭇 위세가 등등했다.

이환은 물끄러미 걸왕의 손끝을 보았다. 수염 끝을 비비 꼬아대고 있는데, 미미하게 떨리고 있었다. 천하의 걸왕이 수전 중에 걸린 것이 아니라면 억지 위세겠지.

"뭐, 좋겠지."

이환은 걸왕의 자리에서 몸을 일으켰다. 그 순간, 걸왕은 앙상한 어깨를 움찔 떨어야 했다. 넓고 넓어서 아무도 손대지 못하는 이 천년 관제묘가 한순간에 가득 차버린 것 같았다.

걸왕은 곧 얼굴을 찌푸리며 다시 턱을 괴었다.

'그래, 좋다고. 알고 있다고. 네 팔뚝 굵다, 굵어.'

걸왕은 대놓고 불만을 드러냈다. 그는 구부정하게 몸을 일으켜 제자리로 돌아갔다. 이환은 스쳐 지나는 걸왕에게 뭐라 말하지 않았다.

걸왕의 지저분한 자리에는 앉은 자국도 없었다.

그래, 너 잘났다.

"큭!"

걸왕은 들으라는 듯 크게 콧방귀를 뀌고는 털썩 주저앉았다.

"속가들을 막아선 것은 훌륭하다 해주지. 하지만 이미 소림속가의 절반 이상이 모였다. 너무 늦은 대응 아닌가. 천하의 걸왕이 이 정도밖에 안 되는 건가?"

무표정한 말로 나지막이 말할 뿐인데 이렇게까지 기분이 더러울 수 있나.

"큭! 거야 네놈이 찔끔거리며 간보기만 하려니까 그러는 거 아녀! 막말로다가 네놈 말이 전부 진짠지 가짠지 워찌 알어. 안 그려? 지금의 일에 개방이 떠안은 위험이 얼매나 큰지 네놈이 알아?"

끝에 가서는 열이 뻗치는지 걸왕은 버럭버럭 소리치며 발을 굴렀다. 쩌정! 하는 소리가 높이 울렸다.

그 분노를 이환은 한마디로 잠재웠다.

"의기만천(義氣滿天), 협의지도(俠義至道). 참으로 그럴듯한 말이야."

"젠장."

걸왕은 있는 대로 얼굴을 구기며 고개를 돌렸다. 저 높은 천장에 매달린 시커먼 천 쪼가리.

'저걸 또 볼 줄이야. 옘병.'

걸왕은 끌끌 혀를 찼다.

개방장로라 하는 놈들 중에서도 아는 놈은 몇몇밖에 없을 것이다. 관제 머리 위로 작게 드리운 천에는 분명히 적혀 있었다.

글씨라기보다는 아이가 낙서한 듯 엉망진창의 악필이었다. 그러나 담긴 그 글에 실린 의지만큼은 어느 명필(名筆), 달필(達筆)보다 솔직하고 강렬했다.

의기만천, 협의지도.

개방이 개방이기 전 궁가방(窮家幫)이라는 이름으로 불릴 무렵이었다.

강호의 일파가 아니라 그저 거지들의 모임에 지나지 않았다, 그때의 궁가방은.

국가가 위난에 빠져 천하가 난세에 뒤척일 때, 궁가방은 민초들을 보듬는 유일한 집단이었다.

비록 처지는 비천하다 할지라도 정신만은 고귀해야 할 것이다. 그럼에 저 여덟만큼은 잊지 말라.

개방의 시작이라 할 수 있는 말이었다. 어찌 외면할까.

걸왕은 풀 죽은 모습으로 잔뜩 가라앉았다.

'저 망할 검둥이 놈……'

당장에라도 욕지거리가 폭발할 듯했다. 하지만 걸왕은 목울대를 꿈틀거리며 솟은 욕지거리를 간신히 씹어 삼켰다.

"끄응… 그래서 이제 어쩌라고?"

그는 불퉁하게 중얼거렸다.

"싸워야지. 범계광불은 쉽게 물러서려 하지 않을 거야."

"하나만 묻자, 암제."

"……"

이환은 정색한 걸왕의 모습을 바라보았다.

"넌 누구냐? 소림과 무슨 관계가 있어서 나서는 게냐?"

이환은 잠시 답을 하지 않았다. 그는 지그시 걸왕을 바라보았다. 그저 서늘한 눈이었다. 조금의 변화도 없었다. 묻는 말을 듣기나 했는지, 그리고 그대로 등을 돌려 걸어나갔다.

걸왕은 나서는 그를 붙잡지 못했다.

정체도 알 수 없는 놈에게 휘둘리는 꼴이라니.

걸왕은 어쩐지 서글펐다. 하지만 그는 주름진 얼굴에 그늘을 드리웠다. 이환이 선 자리에 놓인 피 묻은 염주.

멀었지만 걸왕의 눈은 능히 그 표면을 읽을 수 있었다. 힘겹게 휘갈긴 몇 자의 글.

심마보각 범계광불.

소림에 보각이란 이름의 승려가 있던가. 아마도 범계광불이라 하는 자, 그일 것이다. 걸왕은 손을 뻗었다. 한 가닥 진기에 이끌려 몇 알 남지 않은 염주 알이 그의 손에 빨려들었다.

급히 쓰인 글자이나 낮이 익었다.

보연의 글체였다. 몇 번이고 서신을 교환했던 차, 개방의 우두머리인 걸왕이 그 정도를 분간하지 못할 리 없었다. 백 번을 양보하고 천 보를 물러선다 하여도 이 글자는 보연의 것이 맞았다.

그것도 미력한 금강지로 새겨 넣은.

"…결국 암제의 말이 옳다 이거지. 보각, 아니……."

걸왕은 으득 이를 악물었다. 천하에 이보다 간교한 놈이 있을까. 이는 비단 소림만의 문제가 아니었다.

전 강호 무림의 일과 다르지 않았다. 걸왕이 생각하기에는 그러했다. 그는 뿌드득 이를 갈아붙였다.

"범계광불. 밖에 아무도 없느냐!"

걸왕은 쩌렁 소리쳤다. 멀리서 급한 발소리가 울렸다.

"찾으셨습니까, 방주?"

우르르 몰려온 젊은 거지들이 빼끔히 고개만 내밀고 물었다. 그늘져 어두운 관제묘에서 걸왕의 두 눈이 시퍼렇게 일렁이고 있었다.

"구대장로, 아니… 개방의 전 방도에게 전하라!"

"……."

"……!"

놀람에 말조차 나오지 않았다. 거지들은 고개를 치켜든 걸왕을 망연히 바라보았다. 앞으로 나서거나 움직이는 사람은 없었다.

지금 똑바로 들은 게 맞는 거야? 그들은 똑같이 생각했다.

"아, 안 뛰어!"

걸왕이 버럭 노갈을 터뜨리고서야 그들은 퍼뜩 정신을 차리고 우왕좌왕했다. 개구반에 이어 설마 이것까지…….

이와 같은 명은 궁가방을 거쳐 개방에 이르기까지 실로 수백여 년의 세월 속에서도 결코 내려진 바가 없었다.

*   *   *

"어찌 된 일인고?"

방장실에 향이 아직 짙었다. 그나마 더 이상 불난 것처럼 향불을 안 피우는 것이 다행일지도 모르겠다.

녹옥불장을 가운데에 세워놓고 보각이 물었다. 그 앞에는 소림의 뭇 장로들이 어두운 얼굴로 있었다. 눈치를 보아하니 답할 사람은…….

"개방의 방해가… 쉽지 않습니다."

"어허, 이해 못할 일이로다. 개방이 어찌해 본사의 일에 나선단 말인가."

보각은 어물거리며 고개를 흔들었다. 하지만 축 흘러내린 가사 자락 아래에서 주먹은 으드득 거세게 움켜쥐고 있었다.

'괘씸한 것들. 감히 본사의 행사에 훼방을 놓아?'

살심이 절로 일었지만 겉은 평온할 따름이었다. 그는 짐짓 심각한 얼굴로 고개를 살래살래 내저었다.

"허어, 개방주께서는 무어라 하던가?"

"그것이… 만나주지도 않더이다."

"무, 무어라?"

이번만큼은 보각도 어이가 없었는지 그러쥔 주먹을 풀어 버렸다. 모든 이들이 눈을 끔뻑였다.

아니, 소림의 성회에 그리 노골적으로 방해를 하더니 이제 는 소림의 승려를 문전박대하다니…….

"크흠!"

불편한 심정을 고스란히 드러내며 자리한 뭇 소림의 장로들은 헛기침을 대신 흘렸다. 저 호전적인 나한당주마저 그리 않는 소리만 흘릴 뿐이었다. 얼굴은 시뻘겋게 달아올라서는 다른 말이 없었다.

보각은 아니, 범계광불은 내심 웃었다. 이야말로 기특한 일이지 않은가.

이를 통해 소림이 다시 일어설 것이다. 고마운 짓을 하는 군, 걸왕 늙은 뼈다귀.

절로 올라가려는 입꼬리를 억누르며 보각은 굳이 엄중한 얼굴을 그렸다.

"이는 결코 좌시할 수 없는 일이오."

그의 낮은 목소리가 작은 방장실에 우렁우렁 울렸다. 그 실린 기파에 자리한 모든 승려들은 해연히 놀란 얼굴이었다.

'고, 공력이… 또다시 경지에 올랐단 말인가.'

소림 무공의 두 기둥인 나한당주와 달마원주 두 사람의 놀람은 특히 컸다. 반야신공의 지난함을 잘 알고 있기 때문이었다. 탕마원주, 아니, 방장 대리.

불가해한 눈으로 그를 바라보았다. 지난날의 범계광불인가, 참회한 보각인가. 아니면…….

그들의 상념은 길게 이어지지 않았다.

"속가들이 전부 모이지는 않았으나, 헤아려 보니 적어도 칠할 이상의 속가들이 모인 듯합니다. 지금 등봉현을 비롯하여 숭산 일대가 이들로 가득하오니 하루라도 빨리 성회를 마무리 지음이 어떠신지요?"

조심스럽게 말한 사람은 장경각주였다. 그의 말은 실로 사리에 맞았다. 갑작스레 늘어난 사람으로 숭산 일대는 어디나 시장판과 다름없었다. 그들 모두 소림 속가를 자처하는 자들이라 하지만, 품행이 단정치 못한 자들이나 강호의 몇몇과 충돌이 있을 수도 있는 노릇이었다.

과밀함은 소림으로서도 좋을 것 없었다.

"그렇군. 장격각주의 말이 실로 옳소."

장경각주. 법호를 놓아두고 각주라 불렀다. 무슨 뜻이겠는가. 사소한 차이였지만 의미하는 바는 결코 작지 않았다. 그러나 장경각주는 지금 그것을 문제 삼지 않았다. 다만 짐작한 사실을 확인했을 뿐이다.

그는 슬그머니 약사전주를 바라보았다. 서리 내린 하얀 눈썹이 슬그머니 올라가며 맑은 눈동자가 보였다. 둘은 촌음 간에 눈빛을 교환했다.

뜻은 분명했다. 그러나 지금은 때가 아니었다.

보각은 다시 입을 열었다.

"하면 대성회를 끝으로 소림의 모든 제자들과 속가의 모

든 제자들은 일심으로 탕마멸사의 기치를 높이 세워야 할 것
이오.”
　“어인 말씀을…….”
　보각은 분연히 자리를 떨치고 일어섰다. 노기가 앞섰는가?
순간 짙은 연화 향이 피어올랐다.
　“재세마인, 그리고 그를 따르는 사특한 자들을 모두 벌함
이오!”

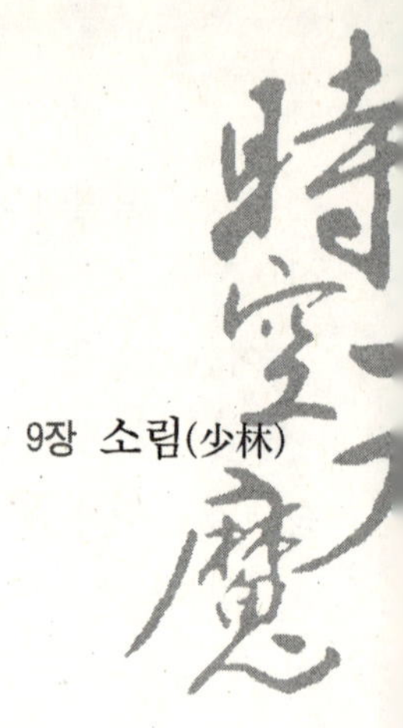

9장 소림(少林)

무궁화는 리셋된 이후 처음으로 이환의 말에 다른 대답을 했다. 그만큼 지금 이환의 명령은 뜻밖이었다.

―이해할 수 없습니다.

"그래, 나도 이해할 수 없다."

이환은 고개 들어 하늘을 바라보았다. 파란 하늘이 아득하게 펼쳐졌다. 하얀 구름이 고요히 흘렀다. 구름이 드리운 그림자도 저 아래 장가촌에서 따라서 흘러갔다.

이환은 그 푸름 뒤에 가려진 광대함을 보았다. 하늘이 그에게 말하고 있었다. 하늘이.

무언가 격변의 시기가 그 자신을 향해 다가오고 있었다.

이환은 고개를 살래살래 가로저었다. 착각일 수도, 단순한 예감일 수도 있었다. 아니, 아무것도 아닐 수도 있었다.

그러나,

"부탁한다, 무궁화."

―…예, 이환님.

무궁화의 답은 바로 나오지 않았다. 이환은 고개를 돌렸다. 그 앞에 나노천마강시의 수장이 있었다. 창백한 낯은 여전했다. 기괴한 몰골이긴 했다.

슈트를 입은 강시라니…….

이환은 그에게도 입을 열었다.

"부탁한다."

"……."

강시는 입을 열 수 없다. 그는 말없이 허리를 숙였다. 이환은 걸음을 옮겼다. 산 아래에서 불어오는 바람은 그저 차갑다.

다시 추운 계절이 다가오는가.

이환은 눈을 감았다. 산 아래, 장가촌의 평온함이 귓가에 소곤거렸다. 소소의 웃음소리, 운비의 외침 소리, 장난치는 개구쟁이 아이들.

수확에 열중인 마을 사람들, 그들을 이끄는 촌장.

이환은 이제 갈 때임을 알았다. 그는 남길 말은 충분히 남졌다. 다시 눈을 떴을 때, 그의 눈에는 일말의 감정도 없었다. 그저 고요히 가라앉아 있을 뿐이었다.

무엇으로도 그 고요함을 깰 수 없을 것이다.

*   *   *

소란한 등봉현이 크게 일렁이기 시작했다. 고요했던 소림의 산문이 활짝 열린 것이다.

대성회의 시작을 알림이었다.

속가 무문에서도 내로라하는 자들만이 모였다. 그들 면면을 보자면 강호에 입담들이 정신이 없을 정도였다. 중원의 동서남북 사방에서 제법 이름을 떨치는 자들이 죄 이곳에 모여 있었다.

그 수는 수만 이상. 더 셀 수 없을 정도였다. 검박한 소림에 이들이 모두 모일 수는 없었다.

하여 숭산 자락 아래 소림의 일주문 앞에서 사람들은 모여 자리를 잡았다.

웅성거리는 것은 사람의 머리, 머리, 그리고 또 머리였다. 검은 머리, 하얀 머리, 빡빡 민대머리까지 두서없이 뒤섞여 있었다. 그 앞에 노란 가사를 입은 일단의 노승들이 자리를 잡았다.

소림의 중진들이었다. 그들의 모습을 알아본 속가인들이나 여타 외부의 강호인들은 서로 웅성이며 외쳤다.

"나, 나한당주이신이시다!"

"저기, 저기 달마원주!"

"저, 저… 장경각의!"

소림 고승들은 그 소란스러움을 담담히 흘렸다. 천하 각지에서 소림의 무를 이은 자들이었다. 이 정도 소란함이야 이해해야 하지 않겠는가.

"아미타불!"

그때였다. 쩌렁한 외침이 하늘과 땅을 뒤흔들었다. 실로 지고한 공력이 아닐 수 없었다. 공곡전성이라……. 누군가의 입에서 내뱉은 일갈은 이곳을 맴돌아 다시 되돌아왔다.

그 은은한 울림에 사람들은 입을 꾹 다물었다.

자리한 이들 가운데 선두에 자리한 이들은 이 사자후의 지고함보다 코끝을 찌르는 담담한 향에 더욱 놀랐다.

"연화 향? 설마?"

놀람은 빠르게 퍼져 갔다. 그것은 내내 고요한 낯으로 자리를 지키던 나한당, 달마원주를 비롯한 뭇 소림 고승들도 마찬가지였다.

이렇게 강렬한 연화 향이라니…….

"허어, 이런 향이라니……. 이는 반야신공이 완성경에 가깝다는 뜻이 아닌가!"

"으음."

반가워하는 기색들이 아니었다. 도리어 낯빛은 급격히 어두워졌다. 그들은 고개 돌리기를 저어했다. 그들의 뒤로 향이 점점 진해졌다.

녹옥의 불장을 짚으며 다가오는 승인.

보각이었다.

보각이 모습을 드러내기가 무섭게 수만의 입에서 절로 탄성이 흘렀다.

"오오!"

"나, 나무아미타불, 아미타불……."

반야신공의 공효(功效)인가. 온몸에 오색의 광휘를 휘감고 불존의 미소를 머금은 그의 모습은 보는 이들 눈에는 생불과 다르지 않았다.

"소림의 용들이여!"

드디어 앞에 선 보각은 천천히 입을 열었다. 그러나 그의 목소리는 자리한 모든 이의 귓가에 쩌렁하게 울렸다.

단 위에 올라선 보각은 형형한 눈으로 앞에 늘어선 수많은 소림의 제자들을 바라보았다.

그들의 숨죽인 시선이 모두 보각에게 향해 있었다. 내려앉은 고요는 묵직했다. 소림의 공부로 정련된 이들이 수만이었다.

보각의 눈에 기이한 열기가 피어올랐다. 그는 녹옥불장을 들어 그대로 단을 내리찍었다.

꿍!

둔중한 울림과 함께 그 진동이 멀리까지 퍼져 나갔다.

드드드.

보각은 천천히 입을 열었다.

"지금 강호에는 거대한 마가 숨어 있다! 이 마인에 의하여 방장께옵서 변을 당하셨도다!"

보각의 지고한 공력과 더해 그 내용으로 모든 이가 눈을 치떴다. 강호의 인사들도 마찬가지였다. 그들은 정말이냐고 묻는 듯 앞에 자리한 소림의 제자들을 바라보았다.

받은 시선에 소림 승인들은 그저 숨죽여 불호만을 읊을 뿐이었다. 그날의 참담함을 어찌 입에 올릴 수 있으리오.

아직 보각의 일장은 끝나지 않았다.

"들으라, 소림의 이름을 이은 이들이여! 거대한 마가 이 천하를 어지럽히기 전에 소림의 무가 먼저 마를 징벌할 것이다!"

"오, 오오!"

부러 내력 실은 일갈은 속가 무인들의 웅심을 자극했다. 장내의 공기가 점차 열기를 더해갔다. 그 가운데 보각은 쐐기를 박았다.

"탕마멸사! 그 앞에 소림이, 빈승이 나서리라!"

"오오!"

자리한 수만의 눈이 번쩍 뜨였다. 그들의 몸에서 더없는 열기가, 기세가 폭사했다. 내지르는 일갈에 땅이 흔들렸다. 이것이 천년 소림의 거력인가.

보각은 이를 악물고 웃었다. 그의 도움을 비롯하여 이들이 있으니 아무리 강시라도, 재세마인이라 하더라도…….

'이환.'

보각은 여전히 웃는 낯으로 이를 악물었다.

그때였다.

"개소리!"

쩌렁한 울림이 크게 울렸다. 들끓는 속가들의 열기를 단박에 제압할 정도였다.

소림과 개방, 어디 그뿐이랴. 강호의 뭇 행세하는 모든 이가 고개를 돌렸다. 그곳에는 걸왕이 있었다.

그는 붉으락푸르락 험상궂은 얼굴로 성큼 걸어 들어오고 있었다. 작지 않은 산문이 그의 기세로 가득 차올랐다.

진정으로 분노하고 있다는 뜻이었다. 그의 뒤로 개방이, 그리고 다른 무림의 세력들이 있었다. 그러나 그들 모두 낯이 편치 않았다.

성큼 다가오는 걸왕의 모습에 보각은 탄식했다. 그는 고개를 가로저으며 입을 열었다.

"허어, 걸왕 선배. 어찌 개방이, 어찌 강호가 본사를 이리 핍박할 수 있단 말이오."

그는 진정으로 안타깝다는 듯 혀를 차며 말했다. 짙은 한숨 소리가 무거웠다.

소림 제자를 비롯하여 속가 모두 얼굴을 굳혔다. 감히 이곳이 어디라고. 숭산 자락에서 개방의 방주가 거들먹거리다니 용납할 수 없는 일이었다.

그러자 일갈이 터졌다.

"시끄럽다! 누가 천년 소림의 불명(佛名)을 핍박한다더냐! 내가 노한 것은 소림의 이름을 더럽힌 불적 하나 때문이요, 내가 벌하고자 하는 것은 소림의 이름 뒤에 숨은 개 도적놈 하나에 불과하다!"

쩌렁한 울림은 대번에 보각의 외침을 집어삼키고 더욱 크게 울렸다.

무어라 하는 것인가, 이자가?

"개방주께선 언행에 신중하시오!"

"이곳이 개봉이라도 되는 줄 아시는가!"

걸왕의 서슴없는 말투에 소림 승려들은 크게 얼굴을 찌푸렸다. 다른 곳도 아닌 숭산 앞에서 무슨 망발을 하는가.

“흥! 눈멀고 귀먹은 것들은 그 주둥이를 닥치라!”

“무, 뭐라!”

“이놈! 이 멍청한 놈들! 너희 방장이 누구한테 당한 줄이나 알고 그딴 소리를 떠드느냐! 헹! 마인이라? 대성회라?”

암암리에 공력을 실은 외침이었다. 결왕의 말에 사정을 모르는 속가들마저 웅성거리기 시작했다. 이 술렁임이 심상치 않았다.

“지금 대체 무슨 말을 하는 거요? 말이라 하여 다 말인 줄 아시오!”

보각은 더 참지 못하고 언성을 높였다. 그 순간, 결왕은 이죽거리던 조소를 지웠다. 그러하니 주변에 일었던 기세가 차분히 가라앉았다.

그 변화에 웅성거림이 잦아들었다.

결왕은 천천히 입을 떼었다.

“네놈 짓이지 않느냐. 네놈 손으로 보연을 해하고 네놈 손으로 녹옥불장을 강탈하지 않았더냐.”

담담한 목소리였다. 그러나 담은 내용은 그렇지 못했다. 기세에 잦아들었던 침묵이 그대로 얼어붙었다.

보각은 말을 잇지 못했다. 무슨 허튼소리냐고 외쳐야 하건만 결왕이 한발 빨랐다.

그는 손을 들어 보각의 녹옥불장을 가리켰다.

“녹옥의 불장이 빛을 잃어 퇴색하고 있건만, 네가 그러고도 녹옥불장을 정당히 승계했다고 우길 참이냐?”

“……”

말을 잃은 보각에게 다시 다그친 것은 소림이었다. 금강나한들이었다.

“어찌 된 게요!”

여태 보각에 대해 의문을 품고 있던 그들이다. 지금 걸왕의 일갈은 실타래마냥 뒤얽힌 그들의 의문을 관통하는 것이었다.

금강나한들은 혼란에 빠졌다 하나 그들의 본분은 잊지 않고 있었다.

불적을 상대하고자 함이, 소림의 불명을 지키는 것이 그들 금강나한들이 아니었던가.

그러쥔 주먹들이 분노와 혼란으로 부들부들 떨렸다.

“걸왕 노선배의 말이 사실이오, 방장 대리?”

나한들이 버럭 외쳤다. 좌중이 일제히 침묵했다. 그들이 내뿜는 기세는 실로 간단한 것이 아니었다.

걸왕은 물론이고 세상사에 전혀 놀랄 것 없는 권왕마저 고개를 돌렸다.

소림에서 기른 괴물이라 하기에 어느 정도인가 했더니 생

각 이상이었다. 이 위태한 와중에도 짙은 호기심을 드러낸다
는 것은 과연 걸왕다운 일이긴 했다.

권왕마저 호오라 하며 한 걸음 나서니 그 걸음에 앞에 빼곡
하던 뭇 무인들이 움찔 놀라 갈라졌다. 분분히 갈라진 끝에서
권왕은 천천히 걸어 걸왕과 어깨를 나란히 했다.

"어찌 생각하시오, 거지 선배?"

"으음."

해맑은 권왕의 모습에 걸왕은 이맛살을 찌푸렸다. 이놈이
이거 또 발동이 걸렸구나.

그런데,

"너, 언제부터 거기 있었냐?"

"……"

아무리 마음대로 하라 했지만 이렇게까지 할 줄이야. 걸왕
은 대꾸는 않고 씨익 웃어 보이기만 하는 권왕의 모습에 그저
고개만 절레절레 흔들 뿐이었다.

저놈의 말코.

그래도 막상 이리 대치를 앞두고 있으니 그것은 또한 그대
로 든직했다. 무어라 해도 지금에서 가장 손꼽히는 위인이 아
닌가.

"클클."

걸왕은 음흉하게 웃었다. 어려워 보이는 놈은 죄 이놈에게

밀어야겠다. 웃음소리에 노인네 속셈이 참 솔직하게 드러났
다. 그도 잠시.

걸왕은 낯을 굳히며 다시 눈을 돌렸다. 보각이 진중한 얼굴
로 나한들을 비롯한 소림 승려들을 대하고 있었다. 그러나 그
것은 가면에 불과했다. 멀찍이서 보이는 보각의 모습은 당장
에라도 폭발할 듯했다.

'이쯤에서 쐐기를 박아주어야겠지?

걸왕은 성큼 앞으로 나섰다.

"에이잇! 다 비켜봐라!"

그는 왈칵 성질을 부리며 앞에 선 소림 승려들을 밀어냈다.
해연히 놀라는데 걸왕은 버럭 무언가를 소림 승려들 한가운
데에 냅다 집어 던졌다.

"범계광불 이놈! 이건 무어라 설명할 테냐!"

꽈꽝!

거칠게 집어 던진 그것이 숭산 앞에 깔아놓은 단단한 청석
을 꿰뚫고 틀어박혔다.

작은 염주 알, 그보다 작고 흐릿한 글자. 하지만 그것을 보
지 못할 사람은 이 자리에 없었다.

그들 모두가 절정을 넘겼다는 자들이었다.

"이, 이건 방장 사형의!"

누군가 놀라 부르짖었다. 그러자 보 자 배의 승인들이 다급

히 앞으로 달려나왔다. 허연 수염 자락이 흔들렸다. 그들은
대번에 보연의 염주임을 알아볼 수 있었다.

피 묻은 염주에는 분명히 적혀 있었다.

심마보각 법계광불.

그 여덟 글자가 나란히 적힌 채 틀어박혀 있었다.

"방장 대리⋯아니, 보각! 이게 어찌 된 게요?"

승인 하나가 다그쳐 물었다.

"⋯⋯."

보각은 눈을 부릅뜨고 그 염주 알을 바라보았다. 구름에 가
려진 햇살이 염주 알을 비추며 글자의 음영이 크게 드러났다.
마치 보각에게 죄를 묻는 듯했다.

"⋯⋯."

보각의 눈동자는 크게 흔들렸다. 그는 천천히 고개를 가로
저었다.

"있을 수 없다."

그에게는 이럴 수 있는 틈이 없었다. 아무렴, 없었고말고.
눈앞에 그때의 기억이 빠르게 스치고 지나갔다.

피를 토하며 넘어가는 보연의 모습이 아직도 선명하건만
그에게 언제 이럴 여유가 있었단 말인가. 불가한 일이었다.

“있을 수 없다. 그에게는 이럴 수 있는 여유가 없었단 말이
다.”

그는 망연히 중얼거렸다. 정적에 휩싸인 이곳에서 그의 중
얼거림은 다른 이들의 귀에 들리기에 충분했다.

“지금 무어라 했소?”

소림 승려들의 얼굴이 무참히 일그러졌다.

앞에 선 걸왕을 비롯한 개방도를 향해 있던 일반 무승들도
뒤를 돌아보았다.

끓던 노기, 타오르는 전의는 간데없었다.

가득한 것은 황당함이었다. 점차 웅성거림이 퍼져 갔다.

무슨 일이 벌어지고 있는 것인가. 들끓었던 전의는 간데없
었다. 그 틈을 비집고 개방도들이 끼어들었다.

단박에 시장통과 다름없는 소란함이 가득 찼다. 사태의 심
각함을 인지하고 있는 자와 그렇지 못한 자의 차이는 컸다.

개방도 하나하나는 일천한 무력이다 할 것이나 임하는 자
세가 다르니.

개방도들의 굳은 낯에 소림 속가들은 아무런 말도 할 수가
없었다. 그들이 위협하는 것도, 위협받는 것도 아니건만.

“……”

“……”

개방도들은 이를 악물고 사람의 띠를 엮고 엮어 속가들 사

이로 파고들었다.

그들이 한데 뭉치지 못하게 하기 위함이었다.

단 아래 사람으로 바닥을 이루었던 넓은 장내가 곧 훤히 자리를 만들었다. 단 위에 보각, 아니, 범계광불이 자리하고 있었다.

그는 무릎 꿇은 채 아주 넋을 잃었다. 발치에 틀어박힌 염주 알이 아직도 그의 눈길을 붙잡고 있었다.

"이, 이건 조작, 조작이다, 조작!"

그는 세차게 고개를 흔들었다. 과연 그러한가. 하지만 이를 보고만 있을 소림이 아니었다.

나한당주와 달마원주.

소림의 무(武)를 상징하는 두 기둥이 냉큼 그를 향해 손을 썼다.

"반도! 당장 무릎을 꿇어라!"

파팍!

옷자락이 크게 펄럭이며 단박에 수십의 손 그림자가 펼쳐졌다. 나한당주는 범계광불을 제압하려 했고, 달마원주는 아직도 그의 손에 쥐어 있는 녹옥불장을 앗으려 했다.

"크아아앙!"

그러나 그들은 반도라 하는 범계광불의 진실한 무위를 알지 못하고 있었다.

힘없이 고개 숙이고 있던 범계광불은 사나운 기파가 다가오기가 무섭게 온몸을 부들 떨며 포효했다. 왈칵 짙은 냄새와 함께 검은 기류가 맹렬히 숫구쳤다.

"엥?"

심상치 않은 점을 가장 먼저 깨달은 것은 걸왕이었다. 그는 냉큼 앞으로 치달려가 냅다 죽봉을 휘둘렀다.

"에라이, 이놈아!"

"크어?"

완전히 눈을 뒤집은 범계광불은 제 정수리를 부숴 버릴 듯 덮쳐오는 죽봉의 모습에 다급히 두 손을 겹쳐 치켜들었다.

퍼펑!

쩌릿한 통증이 팔뚝을 타고 머리까지 달려왔지만, 그뿐이 아니었다. 걸왕은 재차 죽봉을 흔들었다. 그러자 무거운 경력이 고스란히 한쪽 무릎을 꿇은 범계광불의 어깨를 짓눌렀다.

겨우 버틴 한쪽 무릎 밑, 견고했던 단이 산산이 부서져 나갔다.

"이노오옴! 이 괘씸한 놈!"

걸왕은 때를 놓치지 않았다. 그의 죽봉이 천변만화의 변화를 허공에 수놓으며 범계광불을 아주 다질 듯 두들기기 시작했다.

그에 더해 좌우에서 밀려난 나한당주와 달마원주가 재차

손을 떨쳤다.

세 고인들의 합격이었다. 그러나 보각은, 범계광불은 전혀 밀리지 않았다. 불안한 자세 그대로 몸을 비틀었다. 한 치의 틈을 두고 결왕의 죽봉이 스치고 지나갔다.

짜앙!

요란한 소리와 함께 견고한 단이 산산조각이 났다. 이어 범계광불은 지체없이 두 승려를 노려보았다.

치뜬 두 눈에 기이한 빛이 번뜩였다. 입가에 절로 그려지는 것은 짙은 살소였다.

나한당주는 그를 향해 위맹한 권력을 떨쳐 냈다. 그의 뒤에는 달마원주가 있었다. 그러나 그의 이어진 행동은 실로 상식 밖의 일이었다.

"헛!"

죽자고 하는 것인가. 그는 아무런 거리낌도 없이 나한당주의 주먹 앞으로 몸을 기울였다. 이대로라면 일 권에 머리가 산산조각 날 것인데. 갈등이 일었다.

이대로 내쳐야 할 것인가.

"이 바보 놈아!"

그 순간, 결왕의 노성이 버럭 들려왔다. 나한당주는 퍼뜩 정신을 차렸다. 불과 촌음에 지나지 않은 순간이었지만, 그는 큰 실책을 저질렀음을 직감했다.

범계광불이 웃고 있었다.

꽝!

재차 폭음이 터졌다. 그러나 튕겨 나간 것은 나한당주였다. 이어 달마원주 역시 채 일 초 반 식을 떨치지 못했다.

"호호호!"

범계광불은 웃음을 흘렸다. 짙은 먼지 사이에서 그는 두 손을 활짝 펼치고 있었다.

그의 장심은 먹빛으로 물들어 있었다.

걸왕은 죽봉을 급히 수습했다. 그는 잇새로 욕지거리를 짓씹었다.

"이런 옘병할."

이환은 문 앞에 서 있었다. 지금의 소림에 사람은 없었다. 그저 몇몇의 학승과 아직 어린 사미들이 남아 뒷정리에 여념이 없을 뿐이다.

그는 흘깃 눈을 돌렸다.

제심전.

낡은 편액에 바랜 글자가 그러했다. 그는 이제 그곳에서 나온 참이었다.

제 키만 한 빗자루를 들고 지나던 사미가 이환의 모습을 보고는 흠칫 놀랐다.

"엇! 시, 시주께옵선 뉘신지요? 이, 이곳은 소림의 금지입니다."

초롱초롱한 얼굴의 소사미는 고개를 갸웃거리며 물었다. 이환은 소사미를 흘깃 바라보았다.

"이름이 뭔가?"

"도, 도진이라 합니다."

보각의 참담한 귀로의 끝에서 그를 환대했던 어린 사미였다. 이환은 턱 끝으로 제심전을 가리키며 말했다.

"들어가 보거라. 누군가 도움이 필요할 게다."

"예? 아니, 저기 시주님!"

이해하지 못할 말이었다. 이환은 그대로 걸어나갔다. 그 검은 신형에 도진은 놀라 목소리를 높였다. 급히 고개를 돌렸다.

"어……?"

고개 돌린 잠깐의 순간, 그의 모습은 어디에도 없었다.

이환은 천천히 소림 경내를 가로질렀다. 바쁘게 움직이던 뭇 승려들 모두 놀란 눈으로 그의 행보를 바라보았다. 하지만 누구도 그의 앞을 제지하지 못했다.

소림의 산문을 넘어선 그는 산 아래의 소란함에 귀를 기울였다.

"…크……."

그는 하얀 이를 드러내며 웃었다. 걸왕이 잘 해주고 있는 모양이었다.

이환은 순간 걸음을 멈췄다. 그는 천천히 고개를 돌렸다.

소림사의 위로 완만한 숭산의 능선이 눈에 들어왔다. 그는 눈가를 좁혔다.

무언가가 다가오고 있다.

—이환님.

그때였다. 귓가 리시버를 통해 무궁화의 목소리가 들려왔다.

—이상 현상 포착. 900의 인원이 목표 지점에 앞서 접근 중. 속도로 예측할 때 약 10분 뒤 도달 예정.

비추는 화면에는 그 백의인들이 있었다. 등에 멘 보검의 수실 색이 다를 뿐, 임팩트 소드의 칼날 앞에 무력했던 이들과 똑같은 복장, 똑같은 무장이었다.

"……"

이환은 잠시 말이 없었다. 그는 그들이 다가오고 있다는 방향을 보지 않았다.

그는 다시 숭산의 높은 곳을 바라보았다. 구름이 짙었다.

＊　　　＊　　　＊

“흐음.”

가만히 흘러나온 소리는 결코 좋은 뜻에서가 아니었다. 돌아가는 상황이 또다시 그의 뜻에 따르지 않았다. 그가 원하지 않는 방향으로 흘러갔다.

그는 혼란을 보고 싶었다. 그는 혼돈을 바라고 있었다.

그 후에야 그가 나서 정리해야 할 것인데 이는 너무 이르지 않은가. 채 싹을 틔우기도 전에 물을 들이붓는 격이었다.

“마뜩치 않은 일이로고.”

“존주(尊主).”

“어찌 된 게냐?”

그의 낮은 중얼거림에 백색 무복을 걸친 젊은 사내가 깊숙이 고개를 숙였다.

어찌할 수 없구나.

“존주, 직접 나서시려 하십니까?”

“음… 천검위 백 인을 잃은 것이 황당하구나. 그놈들이라면 그 친구가 남긴 인형들 정도는 죄 정리할 수 있을 줄 알았거늘…”

“제 불찰이옵니다.”

“아니, 아니다. 인형이 아니라 직접 나설 줄은 미처 생각지 못했다. 그때의 그를 생각했던 것이 불찰이었어.”

　노인은 끌끌 혀를 차며 고개를 가로저었다. 하지만 그도 잠시, 그는 이내 눈을 돌렸다.

　아래 보이는 것은 오직 구름뿐이었다. 그러나 그는 구름을 뚫고 보고자 하는 것을 보았다.

　그는 말했다.

　"때가 무르익은 모양이구나. 기왕지사 이리된 것, 내 저 하계의 것들을 정리하고 다시 시작해야겠다. 너무 오랫동안 방치해 둔 탓이야. 내 진즉 이리 했어야 마땅한 것을 괜스레. 에잉."

　존주라 불린 노인은 혀를 차며 고개를 흔들었다. 무복의 사내는 더욱 납작 엎드렸다.

　저분께옵서 직접 나서신다 하니.

　"하면 저도 따르겠나이다."

　"응? 백옥(白玉) 네가?"

　"어찌 하잘것없는 자들에게까지 존자의 손을 수고롭게 할 수 있겠습니까."

　"허허허, 그도 그렇군. 좋다. 너도 한손 거들거라."

　"삼생(三生)의 광영입니다, 존주!"

　"허허허."

　노인의 허락에 사내는 깊이 허리 숙였다. 노인의 행보에 따를 수 있는 것, 그것은 사내에게 진정 광영이었다.

노인은 한 걸음 내딛었다.

이곳은 천종애.

그의 발밑은 까마득한 운해였다. 높이를 알 길 없는 외딴 천종애에 드리워진 구름이었다. 그렇지만 노인은 그 운해 위를 태연히 걸어나갔다.

이곳은 세상의 끝, 세상의 높은 곳. 그러하나 그가 가고자 하면 천 리가 한 걸음과 다르지 않았다.

그는 천존이었다.

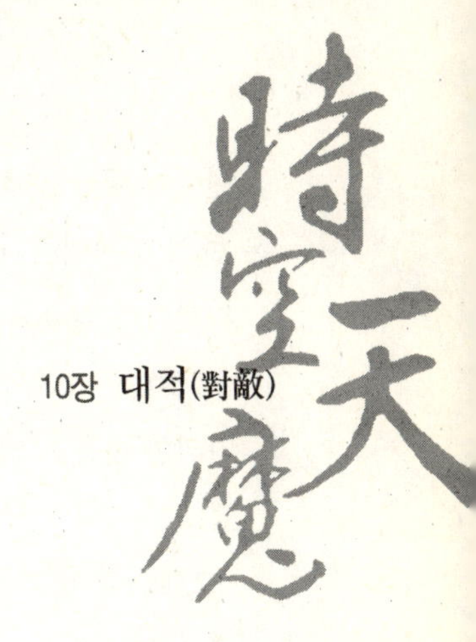

누구도 나서지 못했다. 걸왕과 범계광불의 생사를 도외시한 일전이었다. 고수의 이름이고 정정당당이고를 떠나 끼어들 여지가 없었다.

한순간에 대오각성이라도 한 것인지 몰아치는 범계광불의 검은 장력이 갈수록 위력을 발휘했다.

'엠병! 젠장! 빌어먹을! 씹어 먹을!'

걸왕은 속으로 욕지거리를 있는 대로 퍼부었다. 불리한 위치에서 시작이 되어버린 탓이었다. 지고한 공력을 바탕으로 근근이 버티어 나가는 것이 고작이었다.

연이어 공간을 격해 터져 오는 막강한 장력에 움켜쥔 죽봉은 한없이 위태했다.

위험하다 싶은 순간이었다.

"캬캬캭!"

기괴한 웃음을 터뜨리며 범계광불은 일장을 떨쳤다.

펑!

"끄으."

결국 힘을 버티지 못한 죽봉이 산산이 터져 나갔다. 휩쓸린 두 손이 너덜너덜했다. 붉은 피가 쉼없이 흘러내렸다.

급히 뒤로 물러선 걸왕은 핏발 선 눈을 치뜨며 이를 악물었다. 곤죽이 되어버린 손에 아랑곳하지 않았다.

그는 눈앞의 미친 땡초를 죽일 듯 노려보았다.

온몸에 검은 구렁이를 감고 있는 듯 그 주변으로 검은 기운이 뭉실 솟았다. 담담한 연화 향과 뒤섞인 악취는 더욱 지독했다.

"이 썩을 놈의 새끼! 약 처먹었냐! 왜 갑자기 세지는 건데?"

걸왕은 울화를 고대로 드러내며 외쳤다. 그러자 범계광불은 광기로 시퍼런 눈에 더욱 안광을 발했다. 그는 입매만큼은 보살의 미소를 띤 채 입을 열었다.

"그분, 그분께서 가까이 오신 덕이지. 크, 크케케."

"그… 분?"

미친놈의 말에서 무엇을 들을 수 있겠느냐만, 걸왕은 그분이라는 짧은 한마디에 가슴이 내려앉았다. 불길함이 왈칵 밀려왔다.

범계광불은 거침없이 괴소를 흘리더니 곧 밝은 낯으로 물었다.

"너, 늙은 거지야. 네가 연화정법(蓮花正法)을 아느냐?"

"연화정법?"

같잖은 소리다. 온몸으로 나야말로 나쁜 놈이요 하고 외치는 주제에 무어라? 연화정법?

풍자(風子:미친놈)야, 이 소풍자야, 정말 미친 소리를 하고 자빠졌구나.

"끄끄끄끄!"

걸왕은 핏물로 붉어진 누런 이를 드러내며 웃었다.

"무엇이 우스운고. 늙은 거지가 드디어 정법을 깨우친 게냐?"

"깨우치기는, 옘병하고 앉았네. 네놈 입으로 연화정법을 말하는 꼬락서니가 우습구나, 우스워. 끄캬캬캬."

"허허… 계도(啓導)의 여지가 전혀 없구나."

"무어라?"

걸왕은 웃음 뚝 그쳤다. 사뭇 굳은 얼굴에 남다른 위엄이 흘렀다. 저 범계광불마저 흠칫할 정도였다.

"계도라 했더냐? 우습구나. 내가 누구더냐? 세상 사람들이 이 나를 무어라 부르는가? 내가 결왕이다. 내가 손을 쓴 자들 중 천하 악인 아닌 자 없었고, 내가 도운 자들 중 천하 의인 아닌 자 없었다."

"……."

한마디 한마디를 내뱉을수록 그의 몸에서 이는 기세가 점차 거세어졌다.

"한데… 네가 감히… 나에게 계도라 하느냐? 그깟 심마에 빠져 제 동문을 참한 주제에 감히!"

일그러진 얼굴이 후들거리며 경련했다. 수염에서 뒤엉킨 백발이 올올이 솟구쳤다. 갈가리 찢긴 두 손바닥에 피는 멎었다.

범계광불은 음산히 눈빛을 발하며 새삼 달라진 결왕의 기세를 바라만 보았다.

저것이 개방 비전인 옥현귀진(玉玄歸眞)의 신공인가. 위맹하기로 따지자면 천하에 짝을 찾을 수 없다 하지만.

흐으… 쾌씸한지고. 결왕의 한마디 한마디가 더한 비수가 되어 틀어박혔다. 그게 어찌 잘못이더냐.

심마에 빠진 것은 이 내가 아니라 방장이었다.

"내가, 내가 옳다."

그는 이를 악문 채 중얼거렸다. 두 손을 천천히 치켜들었다. 그러자 장심부터 두 손이 모두 먹빛으로 물들었다.

담담한 연화향을 흘리며 금광을 번뜩여야 할 금강장이 지금 먹빛이었다.

칠흑에 물든 반야신공이었다. 과거의 범계광불이 아니었다. 반야신공의 지고함이야 알았지만 저런 괴이한 변화는……

치번뇌의 광기에 휩싸였을 때에도 이 정도는 아니었건만.

시커먼 광휘가 두 손에서 연이어 번쩍였다. 심상치 않았다. 아까와는 또 다른 변화였다.

걸왕은 뽀드득 이를 갈아붙이며 구시렁거렸다.

"저놈의 새끼, 도대체 뭘 어찌한 거야!"

진짜 약이라도 처먹은 게냐?

그렇지만 걸왕은 어려움을 알면서도 물러설 생각은 조금도 없었다.

걸왕은 굳은 낮으로 핏물이 방울진 두 손을 치켜들었다. 엉망인 손이었지만 상관없었다.

결의에 찬 모습이었다. 그러나 그 진중한 외견과 달리 속은 갑갑했다.

권왕, 이 망할 놈이라도 있었다면……. 꼭 필요한 순간이면 다른 데로 새는 게 특기이니.

그는 이번에는 정말 영영 일어나지 못할 수도 있겠구나 했다. 하긴, 다시 생각해 보면 참 모질 정도로 오랜 세월이었다. 갑자는 훌쩍 넘은 세월이니 했다.

'이 사특한 놈의 무위가 상상을 초월한다. 마경에 빠진 자는 무엇보다 두렵다 하더니… 그것이 아주 허튼소리는 아닌 모양이구나.'

"클클클."

걸왕의 속내를 읽었는지 범계광불이 고요히 웃었다. 그 웃음소리에 실린 공력이 결코 가볍지 않았다. 사특한 웃음이 귓가에서 연이어 쩌렁하고 울렸다.

번쩍이는 검은 광채에 눈이 부셨다. 그러나 그 모든 것을 다하여도 걸왕의 전의에는 추호의 영향도 미치지 못했다. 그는 이미 거리낄 게 없었다. 다함이 없었다.

그는 고개를 꼿꼿이 한 채 다가올 범계광불의 검은 금강장을 똑바로 노려보았다.

어디 올 테면 와봐라.

딱 그 심정이었다. 걸왕은 부러 이를 악물며 턱 끝을 치켜들었다.

이환은 숭산 자락을 밟고 걸어 올랐다. 아래의 소란함과 돌아가는 상황은 무궁화를 통해 볼 수 있었다.

백의인들은 아직 도착하지 않았다. 넓은 장내에 흉흉한 기파는 온전히 걸왕과 범계광불의 것이었다. 이환은 계속해서 비추던 화면을 껐다.

지금은 범계광불 따위에 눈을 돌릴 때가 아니었다.

그는 고개를 들었다. 숭산 위로 구름이 낮게 깔렸다. 하늘이 급격히 어둑해졌다. 한층 이환은 가라앉은 눈으로 짙은 먹구름을 바라보았다.

이환은 이런 말을 하기 우스운 노릇이지만 걸왕을 신뢰했다.

그라면 아무리 입마에 들었다 하나 범계광불을 감당할 수 있으리라. 문제는 저자였다.

이환은 산정에 올라섰다. 구름 사이로 한 노인이 천천히 내려섰다.

노인은 하얀빛으로 전신을 두르고 있었다. 그는 이환과 똑바로 눈을 마주하며 천천히 내려섰다.

그는 분명 눈앞에 있음에도 허상과 같았다. 어떤 존재인가.

"너는 나와 닮았구나."

문득 노인은 입을 열었다. 이해 못할 말.

"너는 그와 닮았구나."

노인은 이어 말했다. 역시 이해 못할 말이었다. 그러나 이환은 의문을 품지 않았다. 그의 귓가에 노인의 말은 닿지 않았다.

다만 노인의 아득한 의지가 노골적일 정도로 그에게 다가 왔다. 그것은 탐욕이었다. 그것은 욕심이었다.

"젠장."

이환은 짧게 욕지거리를 짓이겼다. 모든 것이 완벽하다.

다른 자들도 저를 볼 때 이런 느낌을 가지려나. 이환은 문득 싸늘한 웃음을 흘렸다.

"크크크."

짧은 웃음이나 그 의미는 충분했다. 노인은 눈살을 찌푸렸다. 젊은 탓일까.

"어찌 객기를 부리누."

노인은 진정으로 걱정하는 얼굴이었다. 하지만 진정일지는 몰라도 그의 무(武)는 그렇지 않았다.

"크으."

이환은 이를 악물었다. 그럴 수밖에, 그를 감싼 모든 것들이 그를 옥죄어왔다. 감당하기 힘든 거력이었다.

파직!

두 발을 내디딘 땅이 움푹 패여 들었다. 뜨거운 열기가 무겁게 일었다. 이건 무슨 조화냐.

끄드득 이를 악물었다. 긴 숨을 들이켰다. 짓누르는 힘에 공기는 뜨거웠지만 개의치 않았다. 그는 좌우로 고개를 돌렸다. 곧 이환은 싸늘히 웃었다.

"크, 제법인데?"

"……"

노인은 이환의 반응에 이채를 띠었다. 제법이라……. 이런 말을 들은 게 실로 까마득하군. 아니, 들어본 적이라도 있던가.

"허허허."

없다.

그에게는 처음과 지금이 다르지 않았으니 노인은 웃었다.

"너야말로 제법이구나. 중(重)을 이겨낼 줄은 미처 몰랐다. 그의 진전을 이었다 하여 몹시 기대는 했지만……."

기대 이상이다.

굳이 말하지는 않았지만 그가 말한 중의 힘이 더욱 배가되었다. 중력(重力)으로 따지자면 족히 100G. 내리누르는 압력에 비례해 발밑이 뜨거웠다. 온도가 높아갔다. 그러나 이환의 입가에 맺힌 조소는 한층 짙어졌다.

고작 이 정도인가.

이환은 천천히 허리를 폈다. 전혀 아랑곳하지 않았다.

노인은 더 이상 중결이 통하지 않는다는 것을 알았다. 그는 하얀 수염을 쓰다듬으며 손을 거두었다. 내리누르는 기세가 한순간 사라졌다 이환은 그 찰나, 크게 일갈을 내지르며 온몸에 품었던 기력을 흩어냈다.

"하!"

쩌정! 쩌저정!

노인의 기세로 갈라졌던 땅이다. 이환이 발한 기세로 완전히 무너지고 솟구쳤다.

엉망이 된 지반 위에 이환과 노인은 서로를 마주 바라보았다. 싸늘한 조소를 품은 이환의 검은 눈동자는 적자색 불길이 짙게 일렁였다. 하얀 노인은 하얀 광채를 눈에 품은 채 담담히 이환의 쏘는 눈빛을 받아주었다.

그는 천존, 스스로를 천신이라 했다.

기억할 수 없는 세월 동안 그는 오롯했다. 그는 스스로 선자인 동시에 그는 스스로 이긴 자였다.

그에게 패배는 있을 수 없는 말이었다.

그에게 천하는 그저 놀이판에 지나지 않았다.

그 자신 역시 천하라는 놀이터를 움직이는 손에 지나지 않았다.

한데 그와 같은 존재가 모습을 드러냈다. 그는 스스로를 어둠이라 했고, 천마라 했다. 그는 자신보다 오만했고, 자신보다 뛰어났다.

같은 세월이라면 결코 감당하지 못했을 적이다.

천존은 그를 일생의 대적이라 여겼다. 그를 이겨내는 데에 삼백 년이 걸렸다. 그에게 입은 피해를 이겨내는 데에 또다시 삼백 년을 흘려보냈다.

그사이 그가 알던 놀이판은 처음과 많이 달라졌다. 아주 손을 떼는 것이 아니었는데…… . 후회를 해보지만 놀이판은 자신의 의도와는 다르게 돌아가고 있었다.

괘씸한 일이었다.

천존은 그렇기에 웃었다. 한 번 정도는 스스로 나서주어야 겠지. 한데 그의 후예가 모습을 드러냈다. 아주 기이한 몰골로.

그에 비하자면 아주 모자라지만, 석년의 그가 밟은 경지에 이미 가까워지고 있었다. 흘린 세월이 몇이거늘. 이것은 용납할 수 없는 일이었다.

하늘 아래 오롯한 존재는 자신으로 충분했다. 그는 천존이라 그가 하고자 하여 못할 것은 없었다.

그렇기에.

지금.

그가.

숭산에 모습을 드러낸 것이다.

"허허… 너무 오래 손을 놓은 탓인가. 저 아래의 것들이 심히 거슬리는구나."

웃음과 함께한 목소리는 자애로움으로 가득했다. 그러나 한마디의 내용과 이어진 일은 그저 참혹할 따름이었다.

"크아아악!"

"아악!"

곳곳에서 비명이 터졌다. 백의인들이 난입한 것이다. 그들은 보검을 높이 치켜들고 구분없이 검을 떨치기 시작했다. 그 보광이 번뜩일 때마다 목이 날아가고 비명이 울렸다.

그 아래의 상황을 이환은 똑똑히 볼 수 있었다.

천존이라 하는 노인은 가만히 웃었다. 그는 고개를 내밀고 아래의 모습을 즐기듯 바라보았다.

이제야 마음에 드는 눈들을 하는구나.

두려운 눈, 좌절한 눈.

입가에 그린 반가운 미소에 이환은 싸늘한 한마디를 짓씹었다.

"역겹군."

"응?"

이환은 고개를 삐딱하게 한 채 천존을 바라보았다. 그는 눈으로 천존을 빈정거렸다.

더한 말은 없었지만, 그 눈길만으로도 천존은 충분히 기분이 상했다.

"어허, 몹쓸 놈이로고."

"……."

이환의 눈이 고요하게 타올랐다. 인간이 아니되 인간의 머리 위에 서려 하는 존재. 그것이 누구의 모습이던가.

"큭, 크크크."

이환은 싸늘하게 웃었다. 그러나 굳은 낯에 미동은 없었다. 설마 시공을 거슬러서까지 저런 존재를 또 마주하게 될 줄이야.

저기 인간도 아닌 자가 하는 짓이 과연 기계와 다를 것이 무엇인가.

초월하여 제멋대로 세상을 주무르려 한다.

"그래, 천존… 이시라고."

이환은 입가에 남은 웃음 조각을 버렸다. 노인을 담은 눈동자, 그것은 어떤 사람을 보는 눈이 아니었다.

"허허."

이환의 눈빛을 마주하며 천존은 그저 헛웃음을 흘리며 하얀빛을 흩뿌리는 수염을 가만히 쓰다듬었다.

이환은 고개를 들었다. 푸르렀던 하늘은 저 노인이 등장하자 급격히 빛을 잃고 어두워져 갔다.

그 모습은 지금의 이환의 심정과 다르지 않았다.

시공을 거슬러 이곳에 선 자신이다. 그때의 그는 무력했다. 하지만 지금은 그렇지 않다.

이환은 천천히 두 손을 그러쥐었다.

우우웅.

낮은 진동이 몸속에서 일었다.

다시는 저런 존재를 용납하지 않겠다.

천존은 수염을 쓰다듬던 손을 멈췄다. 그는 자신을 향한 숨기지 않는 적의를 뚜렷하게 느끼고 있었다.

그의 후예답다고 해야 하나.

천존은 짙은 미소를 그렸다. 그는 조용히 중얼거렸다.

"끝. 어디, 이 앞에서 그 여유를 끝까지 부릴지 두고 보지."

말이 채 끝나기도 전 천존의 몸에서 하얀빛이 스멀거리며 피어오르기 시작했다. 이환은 그 모습을 무심히 바라보았다.

어디를 보아도 무방비라 할 수 있는 상태.

천존과의 거리는 그리 멀지 않았다. 하고자 하면 목을 벨 수도 있으리라.

하지만 움직이지 마라.

본능이 외치고 있었다. 숨기지 않는 적의와 더불어 다가오는 것은 끝을 알 수 없는 상대에 대한 경외였다. 그것은 두려움의 다른 말이기도 했다.

젠장.

이환은 자흑광이 흐르는 눈으로 빛의 파형 중심에 자리한 천존의 모습을 뚫어져라 바라보았다.

아직은 아니었다.

주변에 소란함도 당장은 침묵했다. 개중에는 천존의 모습에 경배하듯 무릎을 꿇는 이들도 부지기수였다.

따뜻한 빛의 물결, 아득한 빛의 물결.

하지만 이환은 그 뒤를 볼 수 있었다.

'역겨운 늙은이.'

"어찌하여 그리 손 놓고 있는 게냐?"

천존의 목소리가 가까이 다가와 소곤거렸다. 이환은 뒤로 숨긴 손을 그대로 뻗었다.

그가 할 수 있는 최고의 천마섬환이었다.

하얀빛을 꿰뚫고 검은 섬전이 솟구쳤다. 불길함을 가득 품었다.

"그와 다르지 않구나!"

감탄인지 조소인지 알 수 없는 외침이 울렸다. 찰나 갈라진 빛줄기 사이로 천존의 모습이 드러났다.

그는 웃고 있었다. 웃음 속에서 이환은 득의함을 읽어낼 수 있었다.

드드득!

땅이 흔들렸다. 이환의 신형은 거대한 흔들림 속에서 태연했다.

"뭐, 뭐야!"

"우아악!"

놀란 사람들의 외침이 급하게 울렸다. 이곳에 부족하다 할 자 아무도 없건만, 신형을 제대로 가늠 수 있는 자는 소수에 지나지 않았다.

그 땅을 꿰뚫고 빛줄기가 무섭게 솟구쳤다. 이환은 흘깃 눈을 돌려 그 변화를 바라보았다. 그것은 마치 비단결과 같았다.

빛의 펄럭임에 무수한 색이 환상처럼 드리워졌다.

천존이 웃으며 말했다.

"이제 나의 권역(圈域)에 초대하마, 후예여."

"……"

이환은 그 말에 천존을 바라보았다. 눈을 똑바로 마주한 채 조소했다.

"큭."

천존의 얼굴이 크게 일그러졌다. 그리고 벽이 생겼다. 거대한 반원의 구체였다.

빛의 반구체가 숭산 한 자락을 그대로 집어삼켰다.

"이런 옘병할!"

걸왕은 욕지거리를 토했다. 암제 이놈이 단단히 준비하라 하긴 했지만, 설마 진짜로 저런 놈들이 등장할 줄은 꿈에도 생각지 못했다.

걸왕은 돌연 등장한 백의인들의 모습에 빠드득 이를 갈아붙였다.

"오오, 오셨는가?"

범계광불은 괴이하게 일그러진 얼굴로 웃으며 말했다. 그 소리에 걸왕은 얼굴을 찌푸렸다.

"네놈, 뭘 어찌한 게냐! 이 잡것들은 또 뭐야?"

"호, 호호호… 하찮은 거지 나부랭이가 어찌 하늘의 뜻을 짐작하겠는고."

"……."

걸왕은 더 범계광불을 몰아붙이지 못했다. 백의인들이 일제히 검을 뽑아 들었기 때문이다.

차차차창!

요란한 소리와 함께 보검의 검신이 크게 일렁였다. 그 수는 근 일천에 가까웠다.

"이런."

지독시리 정련된 살기였다. 그 살기가 향하는 곳은 개방도인 동시에 소림 속가들이었다. 하늘의 뜻? 이딴 것이 하늘의 뜻이라 하는 건가.

걸왕은 범계광불을 다시 보았다. 정말 미쳐도 제대로 미쳤구나.

"이 추악한 놈! 네놈이 기어코 소림을 절단 내려 하는구나!"

걸왕은 악을 쓰듯 외쳤다. 그러나 범계광불은 개의치 않았다. 그는 클클 웃으며 두 손을 펼쳤다.

"하늘께서 오고 계신다, 하늘께서! 너희 삿된 것들, 모두 죽음을 면치 못할 것이다! 이 세상에 오직 정법만을!"

"……"

숨을 돌리는 이 틈에 욕이라도 한 바가지 퍼부을까 했지만 걸왕은 말을 잃었다. 범계광불의 헛소리 때문이 아니었다.

그는 빤히 숭산 자락을 올려다보고 있었다. 그는 뚱하니 한마디를 던졌다.

"저건 또 뭐여?"

오유봉 높은 곳에 기이한 광채가 높이 솟아올랐다.

고오오오!

덩달아 땅이 부르르 흔들렸다. 이 진동을 신호로 백의인들의 검에서 보광이 솟구치기 시작했다.

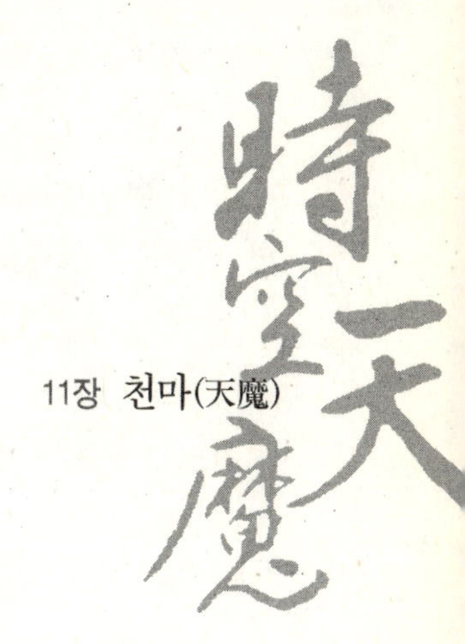

11장 천마(天魔)

　광역(光域)이라 했다. 천존이라 자칭한 노인은 스스로의 수법을 일컬어 광역이라 했다.

　이환은 고개를 끄덕였다. 그를 둘러싼 하얀 빛무리, 이것이 하나의 견고한 영역을 이루었다. 이곳에 빠지게 된다면 벗어나기 쉽지 않으리라.

　그렇지만 이환은 말없이 한쪽 입꼬리를 비틀어 올렸다. 분명 쉽지는 않겠지만 그는 굳이 벗어날 생각이 없었다.

　쏟아지는 빛무리는 이환 개인에게 집중되었다. 그는 용문피풍의를 뒤편으로 거칠게 펄럭였다.

힘이 몰아쳐 오고 있었다. 눈에 보이는 것은 매양 똑같지만, 이환은 그 조짐을 알 수 있었다.

하늘을 가렸다.

어느새 하늘을 가득 메웠던 검은 먹구름이 꿰뚫렸다. 밝은 빛이 스며드나 그것이 과연 햇빛인지는 알 수가 없었다.

무참함의 연속이었다.

수많은 피해가 일어났다. 사람은 죽었다. 땅은 젖었다. 그리고 사람은 울었다.

"으아아악!"

"피, 피해!"

"젠장!"

속가 무인이나 개방도들은 난입한 백의인들의 무공을 감당하기 어려웠다. 그들의 무공은 실로 놀라웠다. 단순히 무공 수위를 뜻하는 것이 아니었다.

"흥."

노인에게 백옥이라 불린 하얀 무복의 사내. 그는 팔짱을 낀 채 계속해서 아수라장으로 변해가는 숭산 자락을 가만히 바라보았다.

그와 그의 수하들은 천존의 뜻을 대행하는 자들이었다. 그가 하라 하면 할 뿐이었다. 대행함에 있어서 어떤 의문도, 주저함도 없었다.

"흥, 버러지 같은 것들."

백옥은 싸늘하게 조소했다.

"천존께서 정리하라 하셨다. 그러하니 너희 것들이 무슨 반항을 하든 달라질 것은 없다."

바로 그때였다.

꽈광!

"크어억!"

"크아악!"

이전까지 살기만이 만장하던 백의인들 복판에 폭음이 울리며 비명이 터졌다. 바랜 득라 자락을 표표히 흩날리며 한 장년의 사내가 그 복판에 섰다.

"권왕."

백옥은 하얀 이를 드러냈다. 십왕 중 하나가 직접 모습을 드러낸 것이다. 백옥은 서서히 앞으로 나서려 했다. 하지만 아직 등장할 이들은 남아 있었다.

"아! 미! 타! 불!"

일심으로 외치는 불호가 백옥의 걸음을 붙잡았다. 소리는 높은 곳에서 터져 나왔다. 이내 무수한 그림자들이 펄럭이는 옷자락 소리와 함께 권왕의 뒤로 떨어져 내렸다.

백팔의 금강나한들이었다. 말없이 주먹으로서 존재를 드

러낸 권왕과는 다른 등장이었다. 크게 각오한 나한들이었다.
전신에 금광을 번쩍이며 그러쥔 두 주먹을 치켜들었다.
　"감히……."
　백옥의 눈가에 스산한 빛이 어렸다.
　금강나한들의 번쩍이는 금광과 백의인들이 번뜩이는 백광
이 충돌하기 시작했다.

　난리통 속에서 권왕은 담담한 눈으로 백의인들과 그 너머
백옥을 바라보았다. 외견으로는 짐작할 수 없는 위태함을 지
닌 자였다. 그는 웃음을 흘렸다.
　날 선 검기가 온몸에서 들끓는다. 그의 눈에 백옥은 사람의
모습이 아니었다. 그 자체로 하나의 검이었다. 그것도 상당히
사나운 검이었다.
　권왕은 스윽 주변을 둘러보았다. 백팔나한들의 가세로 백
의인들의 해일과 같던 살의는 멈칫하여 쉬이 기세를 회복하
지 못하고 있었다.
　저자가 나서면 더욱 큰 피가 번질 것이다. 가만히 살피니
여기 나한들을 제외하고 다른 소림 제자들이나 속가들은 힘
을 쓰지 못했다. 개방도들은 피해나 더 입지 않으면 다행이리
라.
　장로들이 어찌 분전하나 대치 상태를 겨우 유지할 따름이

었다. 거지 노선배는 불적을 잡겠다고 악전고투하고 있으니 손이 비는 것은 그 하나였다.

"흠… 어쩔 수 없군."

권왕은 치렁한 소맷자락을 가볍게 걷어붙이며 느릿하게 걸음을 내디뎠다. 그의 다가섬을 느꼈는지 검과 같은 하얀 사내의 눈길이 그에게 행했다.

권왕은 가만히 미소 지으며 한 손을 펼쳐 보였다.

오라.

그 손짓이 뜻하는 바는 분명했다. 그러자 찰나지간 하얀 얼굴에 균열이 일었다. 권왕과 나한의 연이은 등장으로 살짝 찌푸렸던 눈가가 크게 일그러졌다.

그는 진정으로 분노한 듯했다. 부릅뜬 두 눈에 안광이 위험스레 번쩍였다.

"호오!"

권왕은 '오는구나' 하고 중얼거리며 치렁한 도포 자락을 거칠게 허리 뒤로 넘겼다. 펄럭이는 소리가 울리기가 무서웠다.

한순간 희뿌연 광휘로 휩싸인 백옥의 몸이 그대로 권왕을 향해 쏘아졌다. 대기를 찢어발기는 소리가 폭급하다. 그러나 권왕의 입가에 맺힌 미소에 달라짐은 없었다.

권왕은 가만히 펼친 두 손을 앞으로 내밀었다. 조금의 힘도

들지 않은 고요한 손짓으로 권왕은 쏘아오는 날 선 검기를 고스란히 맞이했다.

찌정!

"크어어억!"

누군가의 입에서 비명이 터지는 동시에 견고한 바닥이 크게 갈라쳤다.

"이, 이 비라먹을 놈!"

걸왕은 성근 이를 빠득 갈아붙였다. 그 주변으로 연이어 탁한 검은빛의 장력이 내리꽂혔다.

쩡! 쩌정!

검은빛이 번쩍일수록 두터운 청석 바닥은 크게 울며 장력의 흔적이 고스란히 파였다.

본래라면 금광에 더불어 오색 광휘를 휘둘렀어야 할 금강장이 지금은 그저 음습한 어둠에 지나지 않았다.

제 색을 잃어버린 반야신공이요, 금강장이었다.

그러나 그 위력만큼은 다르지 않았다. 오히려 무자비하기에 위력은 배였다. 뒤늦게 일으킨 옥현귀진의 공력으로는 버티는 것만으로도 버거웠다.

그러나 걸왕은 추호도 물러서지 않았다. 그가 밀려나면 더욱 큰 피해가 생길 것이 자명한 탓이었다. 걸왕은 늙은 몸이 부서지도록 바쁘게 움직이며 두 손을 떨쳤다.

비록 온전히 기운을 뻗치기도 전에 범계광불의 기파에 휩쓸렸지만 걸왕은 포기하지 않았다.

이놈! 이 도적놈!

걸왕은 끈덕지게 버티며 단 한 순간의 틈을 노렸다. 지금으로써는 그것이 걸왕의 유일한 노림수였다.

바로 그때였다. 하늘을 뒤덮을 듯하던 범계광불의 검은 손그림자가 찰나 파탄이 일었다.

범계광불의 입에서 음소 대신 놀란 신음성이 울렸다.

"허억! 처, 천존이시여!"

돌연 솟은 자흑의 섬광에 하얀빛이 으깨어져 갔다. 그 모습을 목도한 범계광불은 붉은 눈을 더욱 크게 치뜨며 울부짖었다. 대치 중에 눈을 돌리다니.

걸왕은 크게 일갈을 내지르며 당장에 두 손을 떨쳤다.

"어디를 보는 거냐, 개 도적놈아!"

이때를 어찌 놓칠쏘냐.

내친 걸왕의 장심이 크게 요동쳤다. 동시에 심상치 않은 울음이 나직이 울리기 시작했다. 그 주변에 맴도는 기파는 실로 흉흉했다.

급박하게 일으켰다고는 생각할 수 없는 위력이었다.

"키힉!"

범계광불은 완전히 일그러진 얼굴로 눈을 돌렸다. 그의 머리에 섬전처럼 하나의 이름이 스치고 지나갔다.

"용음(龍吟)!"

단맥(斷脈)된 지 오래라 들었거늘!

개방주 비전인 강룡장(降龍掌)을 뛰어넘는 비전지학, 아니, 그 속에 숨은 비기였다.

강룡장의 중첩된 경력을 일거에 쏟아내니 그 앞에 무사할 자는 존재할 수가 없다.

범계광불은 퍼뜩 걸왕의 무의미한 손짓을 떠올렸다. 계속해서 무위로 돌아갔다 여겼던 걸왕의 공격이 바로 지금 이때를 위한 것이었다.

"간교한!"

범계광불은 절로 솟는 욕지거리를 짓씹으며 연이어 장력을 쏟아 붓기 시작했다.

이제는 손목을 타고 팔뚝까지 검게 물든 그의 두 손이 찰나 수십 번을 교차했다.

파파파팡!

소리가 요란했다. 검은 장력이 해일처럼 몰아쳤다. 그 앞에 엉망인 두 손을 내뻗은 노개의 모습은 그저 위태할 뿐이었다.

그러나 용음은 이미 시작되었다.

우우우우우! 쿠와아아아앙!

낮은 울음은 이내 소리를 높여 범계광불이 내친 장력의 파공성을 집어삼켰다. 검은 장력은 걸왕의 내뻗은 장심의 반 치 앞에서 힘을 잃고 사그라졌다.

그 기파는 그대로 뻗어나갔다.

"끄으으윽!"

범계광불은 헛되이 스러지는 금강장을 코앞에서 목도하며 이를 악물었다.

'이럴 수는, 이럴 수는 없다!'

"이럴 수는 없다! 정법이! 연화정법이!"

범계광불이 악을 쓰며 부르짖었다. 가능한한 모든 힘을 끌어올렸다. 그분께서 친히 내리신 그것까지. 가릴 것 없다.

끌어올린 마지막 일장이었다.

범계광불의 발악에 검은 장력의 그림자 너머 걸왕은 허연 눈썹을 꿈틀거렸다.

'징그러운 놈.'

용음은 실로 절기라 할 만했다. 그렇지만 그 강대함을 오래도록 감내하기에 그의 육신은 노쇠했다.

"크윽!"

걸왕은 이를 악물었다. 쩌적 소리가 몸속에서 크게 울었다. 엉망이 된 두 손에서 쥐어짠 듯 피가 솟구쳤다.

기세로써 억누른 상처가 용음의 거력을 감당하지 못하고 다시 터지기 시작한 것이다.

그럼에도 용음의 기세는 조금도 약해지지 않았다.

걸왕은 싸늘하게 코웃음쳤다.

"킁! 겨우 이까짓 상처쯤."

도리어 더욱 기세를 가했다. 앞에 구름처럼 짙었던 검은 장력이 드디어 끝을 보였다. 범계광불의 창백한 얼굴이 눈에 들어왔다.

"이놈아!"

걸왕은 기어코 앞으로 몰아쳐 나아갔다. 금강의 탈을 쓴 범계광불의 장력은 그대로 깨어져 나갔다.

크워워워!

손에서 들리는 용의 울음과 동시에 붉은 피가 연이어 솟구쳤다.

그 순간, 범계광불의 입에서 그저 힘없는 한숨이 흘러나왔다.

"허."

공허함.

범계광불은 채 마지막 일장을 내뻗을 수 없었다.

앞에 켜켜이 내쳤던 금강장의 그림자가 하나둘 스러져 갔

다. 그리고 피투성이의 두 손이 그를 향해 달려왔다. 뒤로 이
를 악문 걸왕의 모습이 또렷하게 보였다.

세상이 단절된 듯했다. 노인을 중심으로 일어난 하얀 광휘
가 고스란히 이환을 뒤덮었다.
　—치칙! 이! 치지직! 이환!
무궁화의 음성이 노이즈에 파묻혔다. 높은 노이즈가 귀를
찔렀지만 이환은 눈 하나 깜빡하지 않았다. 그는 드리운 광휘
너머를 바라볼 뿐이었다.
　"허허, 이 광역(光域)에 들고도 조금의 흔들림이 없구나. 당
년의 그조차 그리 태연하지는 못했다."
　웃음소리가 천지 구분없이 모든 곳에서 동시에 울렸다. 이
환은 고개를 돌리지 않았다. 그는 앞에 드리운 그림자를 가만
히 노려볼 뿐이었다.
　"너는 조금의 머뭇거림도 없구나. 이 내가 두렵지 않으
냐."
　천존은 너그러이 물었다. 인자하기 그지없는 모습이었다.
이 주변이 이렇게 신이한 광경이 아니었다면 마치 어린 손자
에게 말을 건네는 촌로와 같은 모양새였다.
　이환은 일그러진 채 굳은 눈으로 아직도 번쩍이는 하얀빛
의 공간을 노려보았다. 목소리는 모든 곳에서 들려오나, 그가

보는 곳은 오직 한곳이었다.

그의 뇌리에 당가주의 전언이 아직 남아 있었다.

광휘의 그림자, 그리고 촌음 사이에.

저 뒤에 무엇이 있을까.

생각하기가 무섭게 이환은 손을 뻗었다. 자혹의 기운이 아무런 준비도 없이 치솟았다.

그러나 끝없이 펼쳐진 이곳은 망망대해(茫茫大海)와 다르지 않았다. 그저 일어난 천마신공의 기운이었다.

"허허허! 정말 잘 익혔구나. 하지만 그 정도로는 어림없단다."

차분한 목소리는 더욱 그의 기감을 흩뜨렸다. 돌연 이환은 갑갑함을 느낄 수 있었다. 공기가 그를 옭아매며 그대로 조여오기 시작했다.

"크."

이환은 괴로움보다 차라리 웃었다. 비틀린 입술 끝에 매달린 조소. 그는 거리낌없이 천존을 비웃었다.

고작 이게 다인가.

그는 그렇게 묻는 듯했다. 천존의 얼굴이 한줄기 찌푸림이 이는 순간이었다.

이환은 이를 악물며 어깨를 떨쳤다.

쩌정! 쩌저저저정!

그의 몸을 중심으로 기파가 맹렬히 솟구쳤다. 얽매였던 광휘가 산산이 부서져 나갔다. 폭발적으로 달려나가는 그 자흑의 기운은 거침없다.

"허어."

천존은 가만히 한숨을 흘렸다. 무엇인가 했더니…….

천마번천. 그것도 한 번이 아니었다. 연이어 다섯 차례나 찰나지간에 내칠 수 있다니.

하긴, 그렇지 않고서는 광역의 힘을 이겨내고 오히려 타격을 줄 수 없었을 것이다. 그러나 설마 그 정도의 경지에 오를 줄이야…….

스스로 겪어보았기에 그는 천마번천이 어느 정도인지 알았다. 어리다 생각했건만 잘못이었다.

그는 찌푸리며 말했다.

"너, 더는 두고 보아줄 수가 없구나."

천존은 가만히 중얼거렸다. 빛의 벽이 크게 일렁이기 시작했다.

이환은 이를 악물었다. 달리 손을 쓸 수 없었다. 지금 그가 할 수 있는 최대한의 천마번천이었다.

처음 떨친 천마번천의 기세가 채 가라앉기도 전에 그는 연이어 천마번천을 떨쳐 냈다.

처음으로 공력의 한계를 절감했다.

다가드는 빛의 물결은 그만큼으로 감당키 어려웠다. 코에서 붉은 피가 뚝뚝 떨어지기 시작했다.

천존, 그와의 거리는 고작해야 십여 보. 가깝다 할 수 없고 멀다 할 수도 없는 거리였다.

천존은 그저 노한 얼굴이었다.

광역이라는 곳에서 무궁화는 도움이 되지 못했다. 찰나의 여유라도 있다면…….

떨쳐 냈다 여겼던 무형의 올가미는 끈질기게 남아 그를 속박했다.

"역시 너의 일맥은 세상에 존재할 것들이 아닌 것이야."

광역을 가득 메운 빛의 일렁임이 한층 뚜렷해졌다. 무언가가 온다.

빛 뒤에 어둠이 어릿하다.

광영첩(光影疊).

빛 뒤에 숨은 그림자는 빛이 밝을수록 더욱 흉악했다. 어쩌면 저것이야말로 천존이라 자처하는 저 늙은이의 본성일지도 모르겠다.

이환은 머리를 식혔다. 아무리 절망적인 상황에서라도 그는 살아남지 않았던가. 분명히 길은 있을 것이다.

없다면…….

이환은 이를 악물었다.

"만들어 보이지."

광영첩을 이루는 데 촌각의 시간이면 족했다. 천존은 하나 둘도 아닌 수많은 광영첩을 광역 높은 곳에 이루어놓았다.

제아무리 천마라 할지라도 이 수많은 광영첩을 견딜 수는 없을 것이다.

"크… 크크……."

그는 음산한 웃음을 흘렸다. 어디, 절망에 젖은 얼굴을 보자꾸나.

"……."

하지만 그가 원하는 모습은 없었다. 천존은 곧 웃음을 지웠다. 무슨 헛된 발악을 하는 건가.

이환의 머리가 사방으로 솟구쳤다. 두 눈은 온전한 자흑광으로 일렁였다. 그의 몸을 옭아맨 광역의 광휘가 눈에 띄게 흔들리고 있었다.

또다시 천마번천인가. 보다 재미있게 해주기를 바랐건만 결국 생각한 것이 그것인가.

천존은 끌끌 혀를 차며 고개를 흔들었다.

그것밖에 안 된다면, 그래, 그대로 죽어라.

천존은 손가락을 흔들었다. 허공중에서 맴돌던 광영첩. 그 거대한 힘이 이환을 향해 천천히 내려앉았다.

"크합!"

짧은 일성과 함께 이환은 옭아맨 거력을 기어코 이겨냈다. 주르륵 흐르는 핏물이 유독 붉었다. 얼굴이 창백했다. 온몸에 경련이 일었다. 하지만 그는 쓰러지지 않았다.

그는 이를 악물었다. 그는 고개를 치켜들었다. 머리 위에 수많은 그림자가 드리워져 있었다.

이것으로 정말 마지막인가.

손가락 하나 까딱할 기운이 없었다. 대해와 같이 넓었던 천마신공은 메마르고 메말랐다.

광영첩의 화끈한 열기가 멀리서도 뚜렷했다. 다가오고 있었다. 이글거리며 타오르는 광영첩의 모습은 마치 태양을 맞이하는 것 같았다.

이환은 다가오는 광영첩에서 문득 사람들의 모습을 보았다. 환영인가. 어머니, 아버지, 형, 그리고 소소를 비롯한 장가촌의 사람들, 그 뒤에는 이제는 모용가라 할 산동칠괴의 모습도 있었다.

다들 밝게 웃고 있었다. 이제 그만 놓아도 좋다고 말하는 듯했다.

"…크……."

이환은 가만히 웃으며 고개를 떨어뜨렸다. 과연 그럴까.

그는 숨죽여 중얼거렸다.

"천마(天魔)… 강림(降臨)."

제삼식(第三式) 천마강림(天魔降臨). 천재와 범재 모두 노력에 따라 다르다. 한 줌의 내공으로도 천지를 무너뜨릴 수 있다.

이환의 몸이 사라졌다. 천존은 눈을 치떴다. 폭주한다. 그가 이뤘던 광영첩의 무수한 기운이 그의 통제에서 벗어나기 시작했다.

이런 바보 같은!

있을 수 없는 일이었다. 광영첩끼리 충돌하고 사방에서 폭급한 기파가 연이어 터지기 시작했다. 소리는 울리지 않았다. 천존은 치뜬 눈으로 무너지기 시작하는 자신의 영역을 보았다. 헛되고 헛되도다. 내내 갖추었던 여유와 위엄은 간데없었다. 끝 모를 자흑의 물결이 그를 향해 몰아쳤다. 그리고,

그 너머에 이환이 있었다.

"천마… 네놈……."

이환이 웃으며 천존 자신을 바라보았다.

힘이 폭주했다.

그의 뒤로 가두어놓았던 광역의 일각이 산산이 부서져 나

갔다.

*　　　*　　　*

반구에 균열이 크게 일었다. 한구석에서 시작된 균열은 단박에 넓고 높은 반구 전부로 퍼져 나갔다. 끝에 하늘이 무너지듯 와르르 내려앉았다.

점점이 떨어지는 빛의 파편이 반짝였다.

치열함이 주춤할 정도로 신이한 광경이었다.

"이, 이건……."

놀란 눈들은 의문을 담아 급히 주변을 살폈다. 그들이 찾는 것은 동문들의 안부요, 적도들의 죽음이었다. 하지만 그보다 먼저 이 신이한 현상을 일으켰던 이들이다.

그들은 곧 볼 수 있었다.

점점이 떨어지는 반짝이는 빛줄기 뒤로 검고 하얀 인영이 우두커니 서 있었다.

무엇이 일어나려 하는가. 어디 출신이고 가릴 것 없이 모두 손을 멈춘 채 그들을 바라보았다. 지독한 침묵이 이 넓은 공간을 그대로 찍어 눌렀다.

누구도 섣불리 입을 열 수가 없었다. 그저 눈만 데굴데굴 굴리며 서로의 눈치를, 상대의 눈치를 살필 뿐이었다. 그것은 걸왕이나 권왕 역시 마찬가지였다.

내내 허허롭던 그였지만, 이번만큼은 무언가를 직감한 듯 새삼 굳은 낯이었다.

'허어, 이런…….'

권왕은 소리없이 고개를 절레절레 흔들었다.

[왜, 왜 그러느냐?]

그 모습을 본 걸왕은 넌지시 전음으로 물었다. 그러자 권왕은 고개를 들어 눈을 치떠 불안한 얼굴의 걸왕을 바라보았다.

그는 전음은 않고 입만 벙긋거렸다.

'엥? 부, 불… 안… 해… 서… 요…….'

차분히 입모양을 읽어낸 걸왕은 심각하게 고민했다.

'불적이고 나발이고 저놈 먼저 어떻게 확!'

다행이랄까. 그의 고민은 오래지 않았다.

!!!

천붕지음(天崩之音)이 이러한가. 아무런 소리도 들리지 않았지만, 그들은 귓가를 움켜쥐고 바닥을 굴렀다.

고통에 겨운 신음성이 곳곳에서 터지기 시작했다. 하지만 누구도 제 신음을, 그리고 다른 이의 신음을 듣지 못했다.

권왕은 잔뜩 낯을 찌푸렸다. 죽겠다고 외치는 걸왕 탓에 도통 정신을 차릴 수가 없었다.

그는 영문을 알 수 없었다.

"참으로 괴이쩍은 일이로다."

이해할 수가 없지 않은가. 권왕은 게슴츠레 눈을 뜨고 멀리 주변을 바라보았다. 본래 견고했던 빛의 벽을 이뤘던 그 자리에 남은 것은 오직 검게 그을린 흔적뿐이었다.

무슨 벼락이라도 쏟아진 것인가. 권왕은 고개 들어 하늘을 올려다보았다. 거짓말처럼 청명한 하늘이었다.

도대체 무슨 일이 벌어진 것인가.

멍해 있던 정신이 돌아오는 데에는 제법 오랜 시간이 필요했다. 사람들은 부스스 몸을 일으켰다.

백의인들이 멍한 얼굴로 서 있었다. 이지를 잃은 모습이었다.

"이, 이럴 리가 없다! 이럴 리가 없어!"

누군가 높이 울부짖었다. 사람들이 하나둘 고개를 들었다.

범계광불이 광분하여 울부짖고 있었다. 제대로 몸을 가누지 못해 비루한 모습이었다.

권왕은 씁쓸한 얼굴로 눈을 돌렸다. 그가 상대했던 백의인들의 수장이 있었다. 그 역시 다른 백의인들과 다르지 않은 멍한 모습이었다.

"…처… 천존이시여."

그는 한숨 섞인 그 한마디를 겨우 내뱉었다. 권왕은 고개를 가로저었다. 그 생이 다했음을 알 수 있었다.

백의인들의 신형이 하나둘 힘없이 쓰러졌다. 마치 원래 없었던 것처럼.

퍼석!

흡사 먼지가 무너져 내리듯 그들은 옷가지만을 남기고 스러져 갔다. 냉철한 얼굴로 죽음의 검을 휘두르던 자들의 끝치고는 허망했다.

"그저… 괴뢰(傀儡)에 불과한 자들."

권왕은 가만히 중얼거렸다. 처음 손을 겨루었을 때 와 닿았던 기이한 느낌이 이것이었나.

"앙! 뭐라고?"

그 중얼거림에 걸왕이 언성을 높였다. 권왕은 고개를 흔들었다.

"으흐흐… 이럴 리 없다……."

범계광불이 부들부들 몸을 떨었다. 정신을 수습한 사람들은 적의 어린 눈으로 그를 노려보았다. 지금 소림의 피해는, 개방의 피해는 결코 작다 할 수 없었다.

누구에게 이 죄를 물어야 할꼬. 더구나 다른 세력을 끌어들이다니.

아직도 광기에 휩싸여 미련에 얽매여 광분하는 범계광불이었다. 그때였다.

자박자박.

작은 발소리가 그에게 다가왔다. 휘청이는 그림자가 위태했다. 그의 모습이 드러나자 장내의 모든 이들이 눈을 치떴다.

"어라? 저놈……."

걸왕은 눈을 끔뻑이며 그를 바라보았다.

"보각."

"으으으……."

바닥에 고개를 처박은 채 괴이한 울음을 흘리던 범계광불이었다. 두 눈에서 이는 광기가 시퍼런 빛을 발했다.

"보각."

그는 다시 불렀다. 낮은 목소리에 미약한 힘이 실렸다. 범계광불은 두려운 눈으로 천천히 고개를 들었다. 감히 항거할 수 없었다.

저물어가는 태양을 등지고 그가 있었다.

보연이었다.

초췌한 안색에 인자한 미소를 머금고 있었다.

"바, 방장……."

"……."

멍한 범계광불의 중얼거림에 보연은 고개를 끄덕였다. 도

진이 그를 부축하고 있었다. 보연은 깡마른 손으로 도진을 쓰
다듬으며 말했다.

"저기 있는 불장을 가져다주지 않으련?"

"예, 방장 스님!"

얼어 있던 도진은 보연의 작은 부탁에 크게 답하고는 쪼르
르 달려갔다.

사람들이 도진의 모습을 쫓았다. 허물어진 단 아래에 불장
이 하나 떨어져 있었다. 녹옥불장이었다.

경황 중이라 누구도 신경 쓰지 못한 것이었다.

도진은 냉큼 불장을 들고 보연에게 달렸다. 보연은 이제는
빛 잃은 녹옥불장을 가만히 바라보았다. 씁쓸함이 짙었다.

보연은 녹옥불장으로 버거운 몸을 지탱했다.

"아직도 미혹(迷惑)인가."

"저, 저는… 저는……."

"피안(彼岸)이 그리 멀었던가."

"……."

보연의 낮은 물음에 범계광불은 더 말할 수 없었다. 광기가
흩어지고, 그저 한없는 눈물만을 쏟아낼 뿐이었다.

그 모습에 걸왕은 겨우 한숨을 흘렸다.

"하이고, 이제야 겨우 끝이구먼."

*   *   *

　천하의 군웅들의 눈이 모두 숭산으로 모였다. 배후에 누가 있는지 감히 짐작도 하지 못했다.
　그들은 걸왕이라는 이름을 보았고, 권왕의 이름을 보았으며, 또한 소림을 보았다. 그러나 무엇보다 그들의 뇌리에 남은 것은 암제.
　암제의 이름이었다.
　걸왕의 입에서, 또 보연의 입에서 밝혀진 암제의 위업은 그를 그저 신비의 인물이나 마인이라 칭하지 않았다.
　그는 절대자였다.
　누구도 범접하지 못할 자였다.
　그리고 시간은 흘렀다.

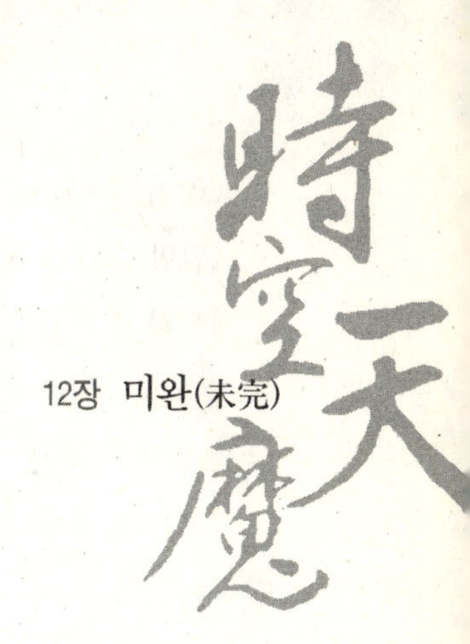

12장 미완(未完)

암굴이 있었다. 빛 한 점 들지 않았다. 그러하기에 이곳이 넓은지 비좁은지, 혹은 깊은지 얕은지 알 수가 없었다.

이곳은 모든 것이 멈췄으며, 모든 흐름에서 벗어나 있었다. 빛도, 바람도, 시간도.

"으으… 으흐흐흐……."

문득 짙은 어둠 뒤에서 우는 소리가 울렸다. 소리는 쉼없이 중얼거렸다. 노쇠한 몸을 더욱 웅크렸다. 절그럭 하는 소리가 들렸다.

"두렵다. 두려워……."

소리의 주인은 그저 흐느낄 뿐 아무것도 하지 못했다. 이 흐느낌만이 그가 할 수 있는 유일한 것이었다.

세상과 단절된 이곳은 '…' 이라 했다. 이곳에 갇힌 자는 과거 범계광불이라 불리던 자, 보각이라 불리던 자, 그리고 지금 세상에는 잊힌 자였다.

이곳은 빛조차 들 수 없고, 바람조차 흐를 수 없는 아득한 땅속이었다.

*   *   *

모용가에는 큰 경사가 있었다. 그것도 겹경사였다.

파파팡! 파파파팡!

붉은 폭죽 다발이 요란스런 소리를 울리며 사방으로 터져 나갔다. 애, 어른 할 것 없었다. 근동의 민초들은 한껏 들뜬 모습들이었다.

오늘이 그날이었다.

그렇게 요란한 바깥과 달리 한곳은 너무도 조용했다. 붉은 신부복에 면포로 얼굴을 가린 한 여인이 조용히 앉아 있었다. 아주 다소곳한 모습이었다.

무릎 위에 올린 손은 붉은 손수건을 꼭 그러쥐고 있었다. 부들부들 떨리는 모습이 제법 긴장하고 있는 듯했다.

끼이익.

문소리와 함께 그럴듯하게 차려입은 한 사내가 안으로 들어섰다. 치천세였다.

"하하, 긴장이라도 되는 게냐?"

"……."

"어울리지 않게 무슨 긴장을."

치천세는 연신 껄껄거리며 여인 앞에 섰다. 여인은 슬그머니 고개를 들었다. 붉은 면포가 흔들거렸다. 자락 사이로 드러난 형형한 눈동자에 치천세는 말을 꿀꺽 삼켰다.

빠드드득!

이가는 소리가 사뭇 위험하게 들려왔다. 그러고 보니 잔뜩 구겨진 비단 손수건은 다시는 제 모습으로 돌아가지 못할 것 같았다.

"하, 하하."

"성질 긁지 마소."

치천세는 입을 꾹 다물었다. 하지만 피식피식 웃음은 계속 새었다. 천하의 망나니 광견화가 이렇게 차려입고 결국에는 혼례라는 것을 치르게 되었으니…….

세월이 참 대단하다 싶었다. 물론 천하의 처자는 다 내 거라 하던 치천세 자신도 이제 엄연히 가정을 이루었으니 다른 사람 말할 처지는 아니었지만.

"에효."

문득 광견화는 길게 한숨을 흘렸다. 붉은 면포가 펄럭였다. 그녀는 고개를 들어 물었다.

"풍 오라버니는 어찌하고 계시오?"

"응, 아, 풍제. 크… 크크크… 크하하!"

치천세는 사람들에게 둘러싸여 안절부절못하고 있는 풍적소의 모습이 떠오르기가 무섭게 다시 웃음을 터뜨렸다. 사람을 대하는 데 있어서 어려울 것 무어 있겠느냐마는, 그들 태반이 항렬상 풍적소의 손윗사람인 바에야.

나이 차이가 많이 나는 신부를 둔 것이 죄라면 죄라 하겠다. 게다가 태반이 입담 좋은 상단에 몸담은 사람들이니.

광동 일대를 벗어나 이제는 전 중원을 상대로 욱일승천하는 천금상단이었다. 그 천금상단의 무남독녀의 사위인 바, 어찌 사람들이 달려들지 않을까.

풍적소의 얼굴은 진땀으로 가득하며 그 사람 좋은 미소가 경련을 일으킬 지경이었다. 멀리서 보는 것만으로도 괴로움을 능히 짐작할 수 있었다.

"크크크."

묻는 말에 답은 않고 실없이 웃는 치천세였다. 그 모습에 광견화는 설레설레 고개를 흔들었다.

'아주… 혼자서 신나셨구먼. 쳇.'

광견화는 눈을 돌렸다. 살그머니 열린 문밖에 한 그림자가 들어서지도 못하고 지나가지도 못하고 안절부절못하고 있었다. 저 큰 덩치가 눈에 안 뜨일 거라고 생각하는 건가.

광견화는 문득 눈을 돌렸다. 누가 코 꿰인 거라고는 그녀로서도 딱 잘라 말할 수 없지만, 그래도 원인은 술이었다.

서로 친해지라 하면서 마련한 자리에 광견화의 성정을 어찌 알고그래 차 대신 술을 그렇게 잔뜩 모아놨는지.

이제는 되돌릴 수 없는 날이었지만 문득 그날을 생각하니…….

"흐릅."

절로 침이 돌았다. 천하의 명주가 다 있었는데 말이야. 광견화는 화급히 고개를 흔들었다. 어쨌든 취해 덮친 건 자신이었으니까.

생각하니 새삼 골이 지끈했다.

"쳇, 그놈의 술이 원수지."

"응, 뭐라고 했냐?"

혼자 넘어가던 치천세는 겨우 숨을 돌리며 그녀를 돌아보았다. 광견화는 말없이 흐트러진 면포를 차분히 쓸어내렸다.

"시간 된 것 같은데요, 오라버니."

"응?"

"조오기."

고개를 갸웃하는 치천세에게 광견화는 턱짓으로 문밖을 가리켰다. 안절부절못하는 그림자. 오늘의 신랑이 그곳에 있었다. 광동진가의 권영, 진정영이었다.

그 역시 불긋한 신랑 옷차림에 얼굴마저 붉히고 서 있었다. 아랫것들을 시켜도 좋을 것을 직접 오셨다. 어지간히 안달 난 모양이다.

"아… 아하하! 그래. 가야지. 가야지."

치천세는 다시 크게 웃었다.

모용세가의 전정. 넓은 곳에 사람들이 가득했다. 광동 일대에서 행세하는 모든 이들이 그곳에 모여 있었다.

지난 수년, 숭산 겁난(嵩山劫難) 뒤로 혼돈에 빠진 강호였다. 그 와중에 신성으로 떠오른 강자가 있으니, 바로 이곳 모용가, 아니, 모용세가였다.

불과 수년이었다. 역사라 하기에는 실로 민망한 시간이었지만, 모용세가는 강호 명문의 반열에 스스로 올라섰다.

그 모용세가의 경삿날이었다. 어찌 사람들이 고개를 내밀지 않을 텐가.

모용반호와 형제들은 내내 웃는 낯으로 찾아오는 모든 사람들을 환대했다. 광동 일대만이 아니었다.

찾아오는 이들의 면면을 살피니, 안정을 찾아가는 지금 강호의 실세들이 전부 이곳을 찾았다.

무당, 화산을 비롯한 구파의 사람들은 물론, 개방의 장로들, 심지어 숭산 겁난으로 스스로 봉문했다 하는 소림에서도 사람을 보내올 정도였으니…….

지금 중원 강호에서 모용의 위치를 알 만했다.

"모용가주, 실로 경하드리오."

"감사드립니다. 감사드립니다."

축하하는 모든 이들에게 화답하느라 모용반호는 허리가 뻐근할 지경이었다. 그때, 모용의 한 제자가 급히 다가와 모용반호에게 고했다.

"장가촌의 촌장님께서 드셨습니다."

"헛, 촌장께서?"

모용반호는 반색을 하며 급히 달려나갔다. 사정 모르는 외부 사람들은 의아한 눈으로 고개를 돌렸다. 장가촌장이 누구라고 천하의 거두라 하는 모용가주가 저리 급하게 뛰어나간단 말인가. 아니, 그만이 아니었다.

모용세가의 의형제들은 물론이요, 신랑, 신부마저 급히 앞으로 나아갔다.

실로 대단한 환대가 아닐 수 없었다.

이제는 세월에 버거운 촌장은 다가오는 모용세가의 사람들 모습에 가만히 웃음을 흘렸다.

모용반호는 촌장의 주름진 손을 두 손으로 그러쥐었다.

"오셨습니까, 촌장님."

"이 촌부가 늦어 세가의 큰일을 방해했구려."

"어찌 그런 말씀을……."

"하하."

"아니……."

모용반호는 촌장의 뒤를 보고는 해연히 놀랐다. 그래, 세월이 오래다 하지만 다른 형제들도 마찬가지였다.

"아니, 저… 저……."

"허허, 참."

다들 놀람과 웃음을 멈추지를 못했다. 촌장은 그들이 보이는 반응에 흐뭇하게 웃었다.

촌장의 뒤로는 꽃다운 한 아가씨가 있었다. 정갈한 백의를 걸쳤을 뿐이건만 그 미모는 실로 놀라웠다. 또한 그녀와 어깨를 나란히 하는 건장한 청년은 또 어떠한가.

굵은 검미 아래 흑백이 또렷한 눈에는 정광이 가득했다.

소소와 운비였다.

"이럴 수가! 세상 사람들이 천하제일미가 누구냐며 떠드는데, 내 모용의 이름을 걸고 천하제일의 미는 여기 있다고 외쳐야겠구나."

"헤헤."

모용반호의 과한 칭찬에 남부끄러워진 소소는 혀를 내밀고 배시시 웃었다.

치천세는 옆에 선 운비를 보며 말했다. 진정 감탄한 기색이었다. 한참 어리기만 한 아이라 생각했건만.

"인중지룡(人中之龍)이 다 되었어, 인중지룡이."

"과찬의 말씀이십니다."

운비는 머쓱해하면서도 의젓하게 답하며 고개를 숙였다.

모용반호는 너무 지체하고 있음을 깨닫고 크게 웃음을 흘리며 외쳤다.

"아니, 여기서 이럴 것이 아니다! 어서 어서 안으로! 하하! 오늘은 실로 크게 기쁜 날이로다!"

모용반호는 실로 밝은 얼굴이었다. 식은 무리없이 진행되었다. 이리저리 거듭할 것 없이 한 번에 치러진 혼례식이었다.

"화아."

소소는 붉은 혼례복 차림의 광견화와 령령의 모습에 눈을 반짝였다.

"너무 예뻐요, 언니."

"호호호."

칭찬에 마다하지 않는 것이 또 이 두 여인의 공통점이라 할 것이다. 광견화도 그렇고 령령도 거리낌없이 웃었다.

그녀들의 또 다른 공통점이라면 부군 될 사람을 처음부터 꽉 그러쥐고 있다는 것 정도일까. 두 사람은 눈썹이 휘날리게 바쁜 와중에도 계속해서 서로의 배필을 챙기느라 여념이 없었다.

"참 좋은 날이네요. 참 좋은 날."

소소는 왁자지껄한 모용의 전정을 바라보며 중얼거렸다. 이렇게 웃음이 가득하고 사람이 가득하건만 소소는 하나의 빈자리를 유독 뚜렷하게 느끼고 있었다. 이런 자리면 항상 구석진 곳에서 잠시나마 자리를 지키는 것이 고작이었지만 그가 있었기에 소소는······.

"······."

소소는 입술을 말아 물고 고개를 숙였다. 가까이 모여 있던 모용 사람들은 그런 소소를 가만히 바라보았다. 그 아이가 누구를 그리는지 그들은 짐작할 수 있었다.

그들 역시 빈자리가 다르지 않았다.

"허허, 소소야, 이환님은 좋은 곳에 계실 것이 틀림없다. 무어라 해도 사조성이시지 않으냐. 신인이시니··· 네가······."

촌장이 껄껄 웃으며 억지로 소소를 달래고자 했다. 그 달래는 말에 모용반호 등은 머쓱한 미소를 지으며 고개를 끄덕였다. 입가에 어색한, 그러나 최선을 다한 미소를 그렸다. 그때였다. 소소는 고개를 치켜들었다.

"아니에요."

소소는 야무지게 고개를 가로저었다. 사람들의 눈이 모두 그 아이를 향했다.

소소는 더없이 밝게 웃으며 말했다.

"이환님은 꼭 돌아오실 거예요. 꼭."

확고한 믿음일까, 꾹 주먹 쥔 두 손이 파르르 떨리고 있었다.

         *   *   *

이환은 무거운 눈을 떴다. 죽었다 여겼다.

천존의 광파는 감당할 수 있는 것이 아니었다. 끝자락에서 겨우 일으킨 천마강림. 그러나 그 미미함으로 무엇을 할 수 있을까.

그저 죽음 속에서 삶을 갈구할 따름이었다. 그런데 그는 눈을 떴다.

"무… 무궁화……."

누군가 목 줄기를 거세게 옭아맨 듯하다. 목소리가 잘 나오지 않았다. 마른기침이 절로 터졌다. 목이 탈 듯이 뜨거웠다.

―지익, 지이익.

귀에 들리는 것은 무궁화의 소리가 아니었다. 그저 소음에 지나지 않았다. 이환은 갑작스런 변화를 미처 눈치채지 못했다.

이환은 몸을 일으켰다. 적어도 손발은 멀쩡했다. 마지막의 그 한 수.

아직 실마리만 겨우 잡았다 여긴 천마강림이 분명했다. 아니, 과연 그러할까. 그는 고개를 흔들었다.

기억의 단락이 컸다. 뚝뚝 끊기는 기억을 이환은 겨우 붙잡았다. 무궁화라면 그 순간의 영상이 있을 것이다.

"무궁화."

―…….

"무궁화?"

―…….

계속해서 답이 없었다. 송수신기에 문제가 있는 건가? 이환은 고개를 가로저으며 귓가에 손을 올렸다.

바로 그때, 이환의 동공이 한껏 벌어졌다. 그는 귓가에 올렸던 손을 천천히 내렸다.

검은 하늘 높은 달.

두둥실 떠오른 것은 달이 분명할진대 지금 이환의 머리 위에서 무거운 몸을 밝히고 있는 것은…….

"…지, 지구?"

이환은 멍하니 중얼거렸다.

달이라 하기에는 너무도 거대하고 가까웠다. 밤하늘의 태반을 차지한 거대한 별.

그 모습은 정말 지구와 다르지 않았다.

이환은 멍청히 중얼거렸다.

"이번에는… 또 뭐야?"

─치직! 치지지직!

귓속의 송수신기에서는 계속해서 잡음이 일었다. 이환은 천천히 고개를 가로저었다.

─치칙!

짧은 노이즈가 한차례 크게 울렸다. 이환은 눈을 돌렸다. 그가 딛고 선 이 땅은 당장에라도 별이 쏟아질 듯한 아득한 검은 하늘 아래에서 끝을 알 수 없을만치 광대했다.

이환이 보는 앞에서 지평선이 아물거렸다. 마치 신기루와 같은 모습이었다. 그러나 이환은 지금 처한 상황이 환상 따위가 아님을 잘 이해하고 있었다.

이것은 또다시 피할 수 없는 현실인 것이다.

이환은 잇새로 나직이 중얼거렸다.

"젠장……."

『시공천마』 1부 完

작가 후기

불민하기 짝이 없습니다. 모자란 능력에 그저 바라는 바가
컸습니다. 오랜 시일 좀 더 나은 이야기가 되고자 발버둥쳤지
만, 그 결과는 늦은 출판 주기와 눈과 능력의 차이라는 메울
수 없는 간극을 거듭 확인했을 뿐입니다.

1부 완이라는 졸렬함을 부디 넓은 마음으로 보아주시길 바
랍니다.

국가의 부름을 미루고 미루기를 1년이었습니다. 이 글만큼
은 어떻게든 끝을 내고 싶었습니다.

부족한 자질과 나태한 자신이 그저 부끄러울 따름입니다.

완결이 의미하는 것은 상상 이상의 고통과 고난이었습니
다. 미진한 글일지언정 기다려 주신 분들, 분노해 주시는 분
들 모두 애정에서 비롯하신 것임을 깊이 이해하고 반성하겠
습니다.

도와주신 여러 형님, 동생들에게 감사의 말씀 올리며 같이

고생해 주신 청어람, 특히 유경화님에게는 감사와 더불어 사죄의 말씀도 올립니다. 죄송합니다.

그리고 연재의 장인 문피아(http://www.munpia.com).

또한 부족한 무협 지식에 목마름을 해갈하여 주신 고호재(http://www.gohojae.com).

무협을 꿈꾸는 다른 여러분도 선배 작가께서 고생해 일구신 이 고호재에서 많은 것을 얻어가기를 바랍니다.

한곳은 터전을 마련해 주었고, 또 한곳은 부족함을 메워주셨습니다.

이 두 사이트에 깊이 감사드립니다.

날이 차갑습니다.

겨울은 본래 봄을 기다리는 계절이라 합니다.

춘양고절(春陽孤節)에 자청이었습니다.

성천 聖天

조종호
新무협 판타지 소설

'강호가 위기에 처하면 요성향(要聖香)을 피워라.
반드시 도와주겠다.'

천외천이라 일컬어지는 성천(聖天)과 무림과의 오랜 약조,
그리고 사십 년 만에 다시 타오른 요성향.
이에 성천의 후예인 위지극의 강호행이 시작되는데, 정작 그는 성천이
무엇인지도 몰랐으니……

무혼심결은 극에 달한 심법이자 천거를 아우르는 무공,
이를 익히는 자 능히 천하를 호령하리라.
나의 이름은 무혼.
이전의 이름은 잊었고, 앞으로의 이름은 모른다.
하나 나의 모든 것이 무혼심결에 담겨 있으니,
내가 사라져도 무혼은 남을 것이다.

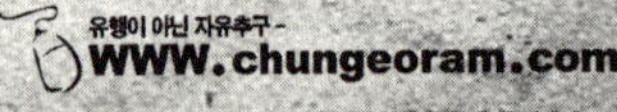

Book Publishing CHUNGEORAM

뿌리를 찾아가는 목동 파소의 여행.
그 여정의 끝에서
검 든 자들의 고향 대무천향 (大武天鄕)을 만난다.

검객 단보, 그는 노래했다.

…모든 검 든 자들의 고향 무천향.
한 초식의 검에 잠든 용이 깨어나고, 또 한 초식의 검에 잠든 바다가 일어나네.
검의 흐름을 따라가다 보면 어느새, 세월도 잊어버리고, 사랑도 잊어버리고,
무공도 잊어버려…….
결국에는 자신조차 잊어버리는…….

은하의 가장 밝은 빛이 되어버린다는
그 무성(武星)들의 대지(大地).

아, 대무천향(大武天鄕)이여!

유행이 아닌 자유추구 -
WWW.chungeoram.com
Book Publishing CHUNGEORAM

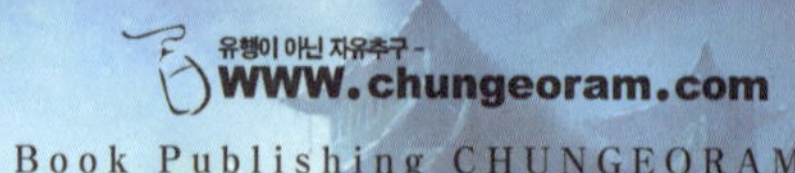

살내음 나는 이야기에 여러분은 가슴 졸인 적이 있는가?
남들이 볼까 두려워하며 책을 가리면서 읽었던 구절을 몇 번이나 반복하며
읽은 적이 없는가?

구무협의 향수를 그리워하던 별도가 결국은
〈무협의 르네상스〉를 부르짖으며 직접 자판 앞에 앉았다.

"제가 무협을 쓰기 시작한 이유는 더 이상 읽을 책이 없었기 때문입니다."

모든 일은 4년 전부터 시작되었다.
살인사건을 배경으로 펼쳐지는 음모와 배신, 사랑과 역공작,
그리고 정사!

우리 시대의 이야기꾼, 별도의 새로운 글, 〈낭왕狼王〉!
〈천하무식 유아독존〉, 〈그림자무사〉, 〈검은여우毒心狐狸〉에
이은 그의 또 하나의 역작!

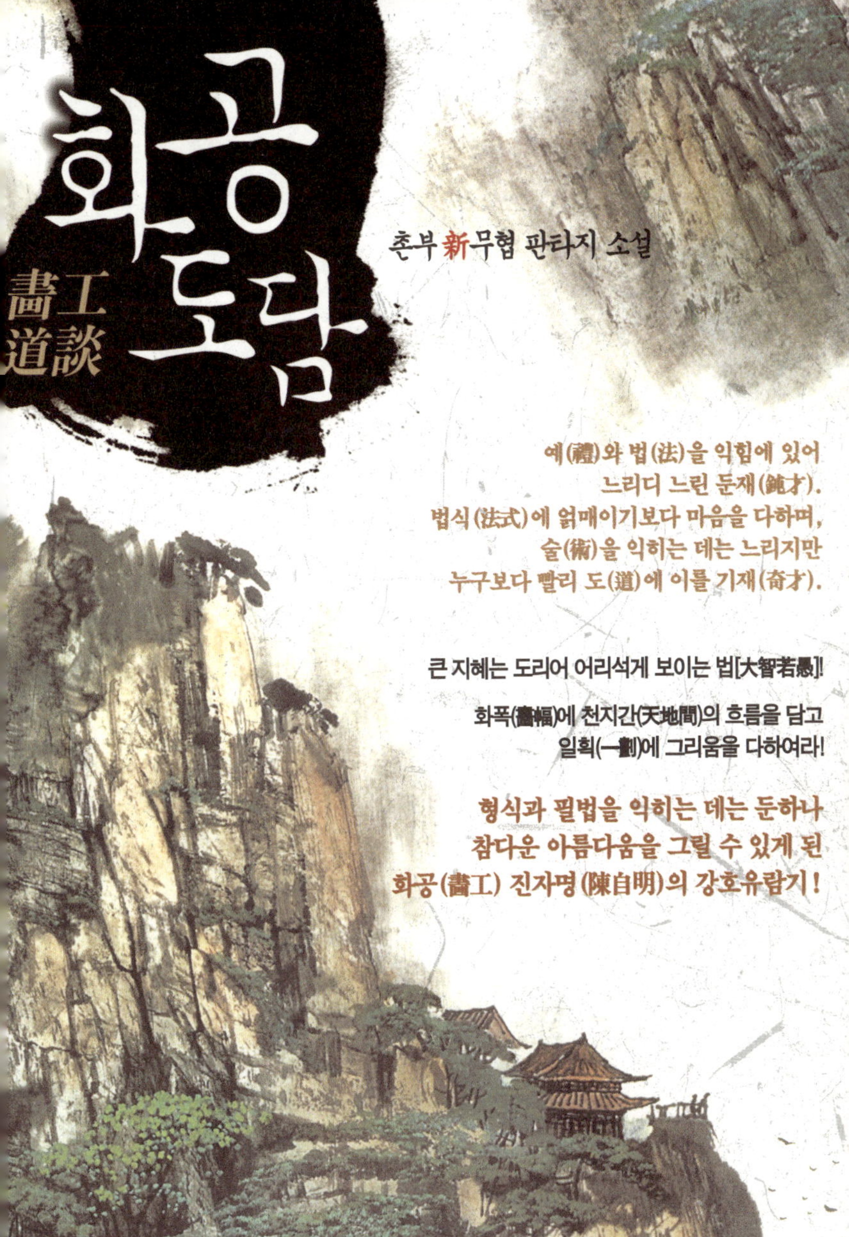
화공도담
畵工道談
춘부 新 무협 판타지 소설

예(禮)와 법(法)을 익힘에 있어
느리디 느린 둔재(鈍才).
법식(法式)에 얽매이기보다 마음을 다하며,
술(術)을 익히는 데는 느리지만
누구보다 빨리 도(道)에 이를 기재(奇才).

큰 지혜는 도리어 어리석게 보이는 법[大智若愚]!

화폭(畵幅)에 천지간(天地間)의 흐름을 담고
일획(一劃)에 그리움을 다하여라!

형식과 필법을 익히는 데는 둔하나
참다운 아름다움을 그릴 수 있게 된
화공(畵工) 진자명(陳自明)의 강호유람기!

유행이 아닌 자유추구 -
WWW.chungeoram.com
Book Publishing CHUNGEORAM

미친 바람이 동해에서 불기 시작했다!
둥지를 떠난 광룡(狂龍)이 강호에 나타났다!

내가 가고 싶은 대로 간다.
내가 하고 싶은 대로 한다.
누구도 내 앞을 막지 마라!

한겨울, 마침내 광룡의 전설이 시작되고,
천하가 광룡과 빙심에 뒤집어졌다!